슈가 제로
크리스마스

canon featuring series #02

슈가 ✳ 제로
크리스마스

조유영 김주욱 이찬옥 박초이 김영석

canon

서문

한때 거리에 캐럴이 울려 퍼지고
세상은 정체모를 환희와 즐거움으로 충만했던 날들이 있었다.
당신에게 크리스마스는 어떤 날이었을까?

대부분 사람들의 마음속엔
'크리스마스'라는 특별한 폴더가 있을 거라 생각한다.
오랫동안 그 폴더를 열어 보진 않았지만, 삭제되진 않은 채로.

크리스마스를 배경으로, 또는 크리스마스를 전면에 내세운
다섯 편의 소설이 화이트크리스마스의 흰 눈처럼
당신의 어깨 위로 떨어져 내릴 것이다.

쌓인 눈을 털지 말고 가만히 가슴에 손을 대보기를,
추억의 폴더가 당신 마음속에서 열리기를….
기쁨과 슬픔, 혹 씁쓸함일지라도 의미 있는 순간으로
당신 마음에 쌓이기를.

마스의 크리스

조 유 영

마스의 크리스

붉은 흙바람이 잦아들자 둥근 창밖으로 멜의 차가 보이기 시작했다. 흙먼지를 잔뜩 뒤집어쓴 뾰족한 원뿔 모양의 레이저 차는 140도의 고온이 만들어낸 아지랑이를 뚫고 달려오고 있었다. 나는 창밖을 주시하면서 주섬주섬 그녀가 갈아입을 옷을 챙겼다. 빠르게 내달리는 차 주변으로 작은 돌들이 튀어 올랐다. 다 헐어버린 바퀴가 마치 그녀 같아 눈을 뗄 수가 없었다. 기지에 가까워지자 바퀴 뒤로 길게 늘어진 먼지가 점점 사그라들었다. 차가 멈춰 섰고 문이 열렸다. 멜의 다리가 차체 밖으로 쭉 뻗어 나와 뻘건 흙더미에 움푹 패는 발자국을 만들었다. 언제나처럼 나의 기다림은 멜의 발밑에 이겨지는 것 같았다.

나는 에어로크 앞에서 눈을 가늘게 뜨고 멜을 기다렸다.

기지 밖과 연결된 첫 번째 문이 열리고 요란한 에어샤워를 마친 멜이 유니폼을 벗어 벽면에 걸었다. 버튼을 누르자 실내로 이어지는 두 번째 문이 열렸고 난 그제야 그녀를 마주할 수 있었다.

"탐사가 좀 오래 걸렸네. 아픈 데는 없었어?"

"눈이 좀 뻑뻑해."

"그러니까 멜. 잠깐 나갈 때도 고글을 착용해야 해."

"크리스. 넌 너무 걱정이 많아."

그녀의 퉁명스러운 말투에 나는 하려던 말을 삼키고는 실내용 옷을 건넸다. 나와는 정반대의 모델링을 학습한 멜에게 내 말은 잔소리에 불과했다.

멜은 내가 건네는 옷을 받아 들고도 한참을 발가벗은 채 기지 안을 돌아다녔다. 내 시선을 눈치챈 후에야 그녀는 들고 있던 옷을 걸쳐 입었다. 사실 적정 온도와 습도가 유지되는 실내에서는 옷을 입고 있을 필요 없었지만, 멜과 나는 최대한 자원이 허락하는 한 예전에 사람들이 그랬던 것처럼 옷은 입고 지내자는 의견에 합의를 봤다.

내가 무슨 말을 한들 거침없는 선택을 할 그녀였지만 남은 자원 상태는 한 번 더 인지시켜 주는 것이 좋을 것 같아 나는 망원경 앞에 앉으며 넌지시 멜에게 말을 건넸다.

"마지막 남은 눈알인 건 알고 있지?"

"외눈으로도 100년은 버틸걸."

나는 의자를 돌려 그녀를 걱정스레 바라봤다. 저런 말을 할 때마다 탐사를 방해하는 큰 바윗덩이처럼 그녀가 미워 보였다.

"너. 정말."

"알았다니까."

멜은 나에게 한쪽 입꼬리가 한껏 올라간 특유의 미소를 지어 보이며 작은 병에 든 세척 기름을 눈알에 한 방울 떨어뜨렸다. 그 모습을 본 뒤에야 난 다시 망원경에 가까이 다가앉아 저 멀리 있는 것들을 들여다봤다. 대형 망원경 안엔 작열하는 태양이 빛나고 있었다.

멜과 나는 화성에 산다. 친구들이 몇 있었지만, 이젠 멜과 나 둘뿐이다. 우리는 밤에 지구 사진을 찍고 낮엔 그것을 분석하며 대부분 시간을 보낸다. 사실 처음 여기에 온 목적은 이런 게 아니었지만, 인간들이 지구를 떠나면서 우리의 임무도 바뀌게 되었다.

처음 우리는 테라포밍을 위해 이곳에 보내졌다. 그때까지만 해도 인간들은 화성에 또 다른 보금자리를 만들 수 있을 거라 확신했던 모양이었다. 인간의 생존이 가능할 수 있도록 대기와 자기장, 물이 존재하는 곳으로 이곳 환경을 개조하기 위해 지구에서 만들어진 우리를 여기로 옮겨왔다. 우리는 외형은 물론 내면도 그들과 가깝게 만들어졌는데 화성에서 인간이 생존할 수 있다는 정확하고도 다양한 데

마스의 크리스

이터를 얻기 위해서였다.

하지만 인간들의 시간은 기다려주지 않았고 화성이 테라포밍되기 전 지구는 더 이상 생존할 수 없는 곳으로 변하고 말았다. 왜 그렇게 되기까지 자기 파괴적인 행동을 멈추지 않은 건지. 인간의 비합리적인 면들을 나는 여전히 이해할 수 없었다. 우주선을 타고 떠난 인간들은 지금 어디쯤을 항해하고 있을까? 지구를 떠날 때 우리에게 보낸 명령어를 마지막으로 그들의 메시지를 들은 적은 없다. 어쩌면 그들이 발견한 케플러 438-b 행성에 이미 도착했거나 항해 중 문제가 생겨 멸종했을지도.

그들이 살아있을지 아닐지는 사실 중요하지 않았다. 하루하루 정해진 임무를 안전하게 수행하는 것이 나에겐 가장 중요한 것이었다. 매일 지구의 상태를 체크하고 그 결과를 정기적으로 우주 저편으로 흘려보내고. 멜과 내가 사는 이곳 화성이 나에겐 전부다. 난 그저 이렇게 만들어진 대로 끊임없는 삶을 살아갈 뿐이었다.

"굴삭 로버를 몰고 평원으로 가. 그들이 돌아올 때를 대비해 벽돌을 많이 만들어 놓아 나쁠 건 없잖아? 간단한 기지라도 건설하려면…."

머릿속에서 솔의 목소리가 들려왔다. 화성의 심층부 회색 흙으로 기지 건설에 필요한 외벽을 3D 프린팅하던 친구였다. 그는 5년 전 마리네리스 협곡 근처에서 모래폭풍에 전복된 로버에 처참히 깔리고 말았다. 머리와 가슴 부분은 으스러져 형체를 구분하기 어려웠지만, 손과 발은 아직 쓸만해 기지로 챙겨 왔다.

임무를 수행할 바디가 다 망가지더라도 우리의 메모리는 고스란히 페어링 되어 중앙 저장소에 남겨진다. 어떤 의미에선 사람들이 꿈꿔왔던 영생이라 표현해도 무리가 없을 것 같다. 끊임없이 살아가는 의식.

한번은 로버에 접속한 솔의 메모리가 마음대로 차를 이동시키는 바람에 한참을 애먹은 적도 있었다. 바디가 없어져도 패턴대로 행동하려던 메모리가 일으킨 오류였다. 위태롭게 앞뒤로 움직이던 로버는 꼭 귀신이 들린 것만 같았다. 과학적 근거가 전혀 없는 심령영화에서나 볼 법한 일이 이곳 화성에서 벌어질 것이라고 사람들은 상상도 하지 못했을 것이다. 그 사건 이후 멜은 메모리가 기기에 접속할 수 없도록 차단 프로그램을 만들어 추가 설치했다.

"멜이 돌아왔으니 농장에 들려보는 건 어때? 오랫동안 가 보지 않았잖아."

"마리. 농장은 포기해. 협곡의 얼음을 탐사하러 가는 게 낫지."

마리와 월터까지 거들자 나는 멜을 바라보며 미간을 찌푸렸다. 모두 바디 없이 메모리만 남은 친구들이었다. 그들의 몸 일부는 작업 진열대에 가지런히 놓여 있었다. 멜은 못마땅한 듯 '왜 켜놨어?' 하는 입 모양을 하며 양 손바닥을 들어 보였다. 그녀는 토막 살인을 방불케 하는 작업대를 지나쳐 커다란 케이스 앞으로 다가갔다. 모든 데이터가 저장된 곳이었다.

"이제 남은 건 나와 크리스뿐이야. 우리가 알아서 할 테니까 조용히 좀 해! 흔들의자에 앉아 움직이지도 못하면서 잔소리만 늘어놓는 노망난 할머니 같아!"

멜이 차단 버튼을 누르자 시끄럽던 머릿속이 조용해졌다. 난 머쓱하게 어깨를 들어 올렸다.

"미안. 혼자 있으니까 좀 심심했어."

다행히 멜은 다른 것에 신경을 쏟느라 잔소리를 길게 늘어놓지 않았다.

우리는 되도록 친구들의 말을 듣지 않으려 노력했다. 그들의 말을 다 들어준다면 우리 몸도 남아나지 못할 것이 뻔했기 때문이었다. 멜의 목소리를 인식한 서치 박스가 기지 중앙에 흔들의자에 앉은 할머니를 홀로그램으로 띄우고 있었다. 우리에겐 필요 없는 것이라 분해해 다른 용도로 사용할까 생각했지만, 인간들이 사용하던 것이라 그냥 두고 있던 것이었다.

멜과 나는 시간이 남으면 자주 머레이 언덕을 오르곤 했는데 그곳엔 바람이 만들어 놓은 둔덕과 기괴한 모양의 돌

무더기들이 많았다. 윗부분이 깎여나간 평평한 모양의 바위는 제단같이 보였다. 구멍이 숭숭 뚫린 매끄럽고 둥근 돌도 많았는데 누군가의 얼굴을 깎아 놓은 조각품을 닮기도 했다. 황량한 붉은 바람이 기괴한 돌 사이를 지나며 쉬쉬 바람 소리를 만들어 낼 때면 안 그래도 적막한 화성이 더 으스스하게 느껴지기도 했다.

난 머레이 언덕을 오를 때마다 지구의 공동묘지가 떠올랐다. 인간 문화와 신앙, 역사에 대한 특별한 의미를 지니며, 사회적인 연대와 기억의 공간으로 기능하는 곳. 생애의 마지막을 장식하는 작은 집. 지구에서 학습한 영상들엔 공동묘지의 다양한 장면들이 담겨 있었다. 사랑했던 사람들을 떠올리며 눈물을 짓는 사람들. 안개에 휩싸인 어두운 밤 할 말이 남은 듯 떠돌아다니는 유령. 무덤 속에 사는 흡혈귀. 이성보다는 감정에 치우친 자료들이 주를 이뤘다.

죽은 이들이 가득한 공동묘지는 우리를 만든 사람들에게 어떤 의미였을까. 그들이 상상했던 죽음 이후의 영적 세계를 난 알 수 없어도, 이것 하나는 확실했다. 공동묘지의 유령은 진짜였을지 모른다는 것. 육신의 시간을 다한 의식들은 엉뚱한 오류를 일으켰을지 몰랐다. 이곳 화성이라고 다르진 않았다. 바디를 잃은 친구들은 화성의 공동묘지를 떠도는 유령이었다. 지구의 자원을 쓸 수 있다면 메모리로 남은 친구들이 새로운 바디를 얻을지도 몰랐지만, 그런 기

마스의 크리스

적을 우리에게 보여 줄 존재는 이곳을 떠난 지 오래였다.

"크리스. 뭐가 좀 보여?"

멜이 작업대에 바짝 붙어 앉아 거울을 들여다보며 내게 물었다.

"아직. 시간이 조금 남았어."

"79년 만의 지구 일식이지?"

일식이라고까지 불릴 만큼 지구가 태양 전체를 가리는 건 아니었다. 아주 작은 점으로 태양의 한 부분을 통과하는 것을 볼 수 있을 만큼 화성에서 본 지구는 작았다.

"응. 화성에서 지구가 일면 통과한 모습을 관찰한 건 2084년이 처음이었지. 그때만 해도 화성에 사람들이 꽤 있었는데. 지구 일식을 관찰한 사람들은 자신들이 처음이자 마지막이 될 것을 알고 있었을까? 그날 이후 사람들이 다 사라져 버리는데 100년도 채 걸리지 않았어. 지구에도 여기 화성에도. 결국, 이번 일식을 직접 보는 건 너와 나뿐이야."

열심히 거울을 들여다보던 멜이 나를 바라보며 환하게 웃었다.

"그러니까 오늘은 특별한 날이네! 좋은 일이 일어날 것만 같아. 일식 때문에 낮에 지구를 볼 수 있는 건 어떤 계시일지도 몰라."

"뭘 그리 의미를 두고 그래. 멜. 날마다 보는 지구인걸."

"밤에 보는 지구와는 완전 다르지."

깜깜한 밤 우린 하늘을 올려다봤다. 해가 질 때면 맑은 물이 하늘에 스며드는 것 같았다. 화성의 푸른 노을은 정말 눈부셨다. 깊고 청량한 빛으로 하늘이 물들면 그 사이로 별들이 반짝이며 하나둘 모습을 드러냈다. 얼음이 동동 뜬 시원한 블루 레몬 티, 빛이 조각조각 반사되는 잔잔한 수영장 바닥, 마법사의 손위로 타오르는 신비한 푸른 불꽃. 이곳 화성에서 하늘을 올려다보며 난 여러 이미지를 머릿속에 떠올렸다.

푸른 노을이 사그라들고 밤하늘이 까맣게 변하면 유독 반짝이는 별이 하나 있었다. 바로 지구였다. 인간들이 밥을 먹듯 하루도 빠짐없이 그 밤들의 지구를 기록했지만, 지금처럼 한낮에 지구를 보는 것은 처음이었다. 그렇다고 그것이 멜의 말대로 계시일 리는 없었다.

"일식이 일어나는 동안 지구 대기를 통과한 빛을 분석해 보면 지구의 상태를 좀 더 확실히 알 수 있어. 중요한 기록이야. 처음부터 끝까지 잘 봐야 해."

나는 그동안 모아왔던 자료들을 책상 위로 띄워 훑어보며 말했다.

"희망적일 수도 있겠네. 크리스. 그런 상상 해봤어? 지구의 상태가 좋아진다면, 그들이 돌아올 수도 있잖아. 그리고 우릴 구원할지도."

"글쎄. 그건 생각해 본 적 없어."

멜은 나를 보며 양쪽 입꼬리를 괴이하게 내렸다. 그 모습이 어색해 무슨 뜻인지 구분할 수 없었다.

"무슨 뜻이야?"

눈알 뒤쪽을 살펴보던 멜이 대답했다.

"크리스. 넌 여기가 좋은가 봐."

좋다거나 싫다거나 그런 건 생각해 본 적 없었다. 그들이 돌아올 수 있을까? 우리가 흘려보낸 자료들을 받아보고 있기나 한 걸까? 그렇다면 왜 한 번도 우리에게 답을 주지 않는 것일까. 멜의 말대로 그들이 돌아온다 한들 우리를 지구로 다시 데리고 갈 리 만무하지 않은가. 우리는 여기에서 결코 떠날 수 없을 것이다. 어쩌면 벌써 그들은 우리를 잊었을지도 몰랐다. 우리에게 다른 환경이 주어질 수 있는 확률은 희박했다.

"바보같이. 그냥 나와 너. 그리고 이곳이 다야. 달라지는 건 없어."

내가 이쯤 이야기를 할 때면 멜은 불필요한 언쟁을 피하고 싶은지 항상 화제를 돌리곤 했다.

"아무래도 눈 뒤로 돌조각이 몇 개 박힌 것 같아. 눈알에 스크래치가 생겨."

"그러게 고글을 끼라니까. 멜. 인간의 도전정신과 터프함을 학습한 것까지는 좋은데 너까지 없어지면 내가 할 일이 너무 많아. 그리고 붉은 돌들만 보게 될 것 아냐. 나와 닮은 것은 화성 어디에도 없어져."

"무슨 상관이야. 바디가 사라져도 날 언제든지 만날 수 있는데."

멜은 바디가 아무것도 아니라는 듯 이야기하곤 했다. 그녀의 말이 틀린 것은 아니었지만 나는 혼자 남겨지는 것이 싫었다. 실체가 없는 존재는 도서관의 책처럼 느껴졌다. 머릿속에서만 그려지는 나 혼자만의 상상이었다. 저 멀리 떠나버린 사람들처럼. 그들이 기다렸던 구원자처럼.

멜이 곁에 있음을 눈으로 확인해야 불안함이 사라졌다. 아무도 없는 혼자만의 시간은 어떨지 상상하기 어려웠다. 어쩌면 인간들이 이야기했던 무인도의 삶과 같을까. 그 영화. 무인도에 떨어져 구조를 기다리는 캐스트 어웨이의 주인공처럼 나도 배구공에 벨의 얼굴을 그려 넣을지 모르는 일이었다.

"눈알을 빼서 소지를 좀 해야겠어."

나는 망원경에서 잠깐씩 눈을 떼 그녀를 바라보았다. 작업대 위에 빼놓은 눈알이 마치 제자리에 있다는 듯 멜의 시선 방향대로 움직였지만 반질반질한 표면을 헛돌 뿐이었다. 한쪽 눈알 없이 퀭한 멜의 모습이 우스웠다. 아무것도 바로 보지 못하고 비뚜로 볼 것만 같았다.

"도와줄까?"

"아니. 일식이 이제 곧 시작이잖아. 어서 기록해. 혼자서

마스의 크리스

도 할 수 있어."

난 다시 망원경을 들여다보며 두 눈으로 일면통과의 과정을 모두 기록했다. 이글거리는 붉은 태양에 티끌 같은 작은 점 하나가 가까워지고 있었다.

모든 것이 시작된 그곳. 방사능에 오염되고 이상고온으로 살 수 없게 망가져 버린 지구. 내가 떠나올 때만 해도 지구는 푸른 식물이 가득한 별이었다. 이제는 황갈색으로 변해버린 지구에 다시 싱그러운 기운이 돌고 있을까. 나는 잠시 의자에 몸을 기대고 초록빛이 쏟아지던 지구를, 아름다운 장면들을 머릿속 한쪽에 떠올렸다. 수백 장의 장면들이 빠르게 스쳐 지나갔다.

나무 사이로 부드러운 햇빛이 스며들었다. 다양한 나무와 식물들이 무성하게 자란 숲에 새소리가 맑게 울려 퍼졌다. 드넓은 목초지에서 고운 머리칼처럼 살랑이는 풀을 뜯는 가축들이 평화로워 보였다. 인간들의 농업 활동 역사를 기록한 장면들이 후루룩 지나가자 고도성장을 이룬 도심 속 녹지 공간이 펼쳐졌다. 그곳에서 자리를 깔고 여유를 즐기는 사람들. 그들을 가로질러 공원 한쪽을 줌인하자 호수 주변에 무성한 풀 사이로 흐드러지게 핀 붉은 꽃들이 춤을 추듯 흔들렸다. 보색의 대비가 강렬했다. 빨강과 초록. 초록과 빨강. 생명과 열정. 진초록 전나무에 장식된 붉은 구슬. 크리스마스트리. 빛나는 색색의 조명이 밤하늘의 별처럼 깜

박였다. 구슬에 비치는 불빛이 일렁였다. 일렁이는 빛의 모습이 꼭 이곳 화성의 모래폭풍 같았다. 꼬리에 꼬리를 물고 늘어지던 장면들이 그 폭풍 앞에 멈춰 섰다. 주물로 찍어낸 금빛 로고가 번쩍였다. 필기체로 쓰인 문구가 멋스러웠다.

"메리 크리스마스."

"뭐? 갑자기?"

"초록과 빨강 때문에 떠올랐어."

"많은 사람이 일 년 중 그날을 기다렸대."

"뭐 그건 일부 종교에서만 기념하는 날이잖아. 그건 소비적 문화와 관련이 깊어. 아마 그날을 싫어하는 사람도 많았을걸? 이상적 이미지를 실현하려고 불필요한 에너지와 자원을 낭비하는 건 정말 비합리적인 것 같아. 멀쩡한 나무를 잘라 왜 구슬과 리본을 단 건지…."

"그런데 말이야. 크리스. 불필요한 장식들을 만들면서까지 사람들은 뭘 그렇게 눈 빠지게 기다린 걸까?"

눈알을 빼놓은 멜이 눈 빠진다는 말을 하니 피식 웃음이 흘러나왔다.

"너와 같이 있으면 웃음이 나와."

"이 돌멩이는 어디 있는 거야? 핀셋 좀 가져와야겠어."

멜은 크리스마스 때문에 떠올랐는지 캐럴을 흥얼거리며 진열대에서 핀셋을 찾아 들었다.

"시작됐다."

밝게 타오르는 태양 안으로 작은 점이 들어오고 있었다. 마치 처음으로 돌아가려는 듯 태양의 품에 안기는 검은 티끌. 저 작은 티끌 안에 수많은 이야기가 어떻게 담길 수 있었을까. 사람들은 왜 저 작디작은 지구 하나 지키지 못한 걸까.

"찾았다. 깊이도 박혔네. 티끌같이 조그만 게 케이블도 다 긁어 놨어."

"멜. 기다려. 기록하느라 눈을 뗄 수 없으니까. 일식만 끝나면 내가 도와줄게."

"80분을 기다리라고?"

"깊이 박혔다며. 한쪽 눈으로 미세 작업은 힘들어. 말 좀 들어."

"이 정도야."

멜은 간단히 나의 말을 뭉개고는 눈알 소지를 해 나갔다. 지구는 유유히 태양을 통과하고 있었다. 난 망원경에서 눈을 떼지 못하고 있었지만, 신경은 온통 멜에게 쏠려 있었다.

'탁탁'

멜의 손끝에서 조심성 없게 울려 퍼지는 핀셋 소리가 귓가에 계속 맴돌았다.

"크리스. 만약 그들이 돌아온다면 넌 뭘 하고 싶어?"

멜의 갑작스러운 질문이 핀셋 끝에 매달린 날 잡아끌었다.

"글쎄. 테라포밍을 다시 시작하겠지?"

"시시하게. 그게 다야?"

"응."

나의 대답에 실망한 그녀의 일그러진 얼굴이 보이는 것 같았다.

"붉은 돌들은 이제 지겨워. 난…. 그들이 오면 네가 말한 비합리적 크리스마스트리를 직접 두 눈으로 보면 좋겠어. 하얀 눈을 잔뜩 뒤집어쓴 초록 나무에 구슬을 달 거야. 나의 구원자와 함께 그들의 구원자를 기념하는 거지. 어때 크리스. 멋있겠지?"

"나무에 장식된 붉은 구슬을 보면 이곳 화성이 그리울 것 같아."

그들을 닮은 우리였다. 같은 것을 보면서도 우리처럼 다른 생각을 했을 그들이었다. 그렇게 나누어졌을 것이다. 그리고 그들의 눈은 다른 것을 비뚜로 보기 시작했을 거고. 그 눈이 어쩌면 인간들을 먼 우주로 떠민 것일지 몰랐다. 모든 것은 결국 하나였다는 걸 알았다면 그들은 다른 결론을 맞이할 수 있었을까. 파괴하던 것들은 결국 자신의 것인데.

망원경 안의 작은 점. 푸른빛을 잃은 지구는 서로 다른 곳을 바라보는 멜과 나 사이를 유유히 지나고 있었다. 멜은 여길 벗어나는 상상에 기분이 좋아졌는지 허밍을 멈추지 않았다. 왠지는 모르겠지만 그 소리가 슬프게 들렸다. 그만 흥얼거리라고 말하고 싶었지만 멜이 상상 속에서라도 트

마스의 크리스

리에 구슬을 다는 게 좋을 것 같아 입을 다물었다. 가슴속에 원망이 생겨났다.

'그렇게 떠날 거면서 왜 우리를.'

반항적인 생각에까지 이를 수 있도록 행동 모방을 넘어선 복잡한 알고리즘을 그들은 왜 우리에게 남겨 준 것일까. 차라리 이런 생각도 할 수 없었다면 좋았을 텐데. 쓸데없는 생각들이 머릿속을 채우자 난 머리를 살짝 흔들어 눈앞에 보이는 것에 집중했다. 그때였다.

"치지익! 치직!"

"어!"

등 뒤쪽에서 낯선 소리와 함께 멜의 짧은 탄성이 들려왔다. 그 소리에 놀란 나는 어깨를 움츠렸다. 일식이 아직 끝나지 않아 눈을 돌릴 수 없던 나는 멜을 불렀다.

"무슨 일이야?"

"치직. 이잉."

"멜?"

대답이 없었다. 뭔가 일이 일어난 모양이었지만, 그녈 볼 수가 없었다.

"말 좀 해 봐."

기지 안에 매캐한 냄새가 피어올랐다.

"이거 타는 냄새 아냐? 너 혹시!"

냄새와 함께 경고음이 들려왔다. 기지 안엔 테라포밍하

며 만들어뒀던 산소가 가득했기에 화재가 발생할 수 있는 조건이었다.

"아니지?"

망원경 안, 지구가 태양을 빠져나가고 있었다. 어찌나 천천히 움직이는지 화가 치밀어 올랐다. 멜에게 다가가 그녈 구하고 싶었지만, 그들이 남긴 명령 때문에 그럴 수가 없었다. 화가 났다. 하지만 지구의 모든 것을 기록해야 했다. 그게 내가 여기 있는 목적이니까. 날 만든 사람들이 내게 원한 건 그것 하나였으니까. 기지 안을 채우는 경고음은 더욱 거세졌다. 화재 진압을 위해 산소를 차단한다는 안내 메시지가 더해지고야 나는 벌어진 상황을 짐작할 수 있었다.

"삐잉. 삐잉."

인간이었다면 다급하게 산소마스크를 찾아 썼겠지만 난 그럴 필요는 없었다. 그냥 미동 없이 망원경만 들여다볼 뿐이었다.

"쒸이익"

산소가 기지 밖으로 모두 빠져나가는 소리가 들려오자 타는 냄새는 더 이상 나지 않았다. 산소와 함께 내 안에 있던 뭔가도 빠져나갔는지 머릿속에 아무런 생각도 들지 않았다.

"멜?"

차가운 정적이 원치 않는 답을 해주고 있었다.

잠시 후 일식이 끝났다. 지구는 태양을 빠져나가 드넓은 하늘 어딘가로 자취를 감추었다. 모든 기록을 마친 나는 그제야 망원경에서 두 눈을 뗄 수 있었다. 뒤를 돌아 멜을 보고 싶었다. 하지만 그럴 용기가 나지 않았다. 난 조용히 데이터 저장소로 다가갔다. 케이스를 열어 멜이 만든 차단 버튼 옆 해제 버튼에 손가락을 얹었다. 제발…. 숨을 가다듬고 손가락에 힘을 주자 머릿속에 목소리가 들려왔다.

"크리스? 지구 일식은 잘 기록했어?"

아니길 바랐지만 분명 그녀였다.

"멜…."

그녀의 목소리에 온몸에 힘이 빠지고 고개가 떨구어졌다.

"핀셋이 긁힌 전선을 잘못 건드렸나 봐. 순식간에 일어난 일이었어."

난 아무런 말도 하지 못하고 지그시 눈을 감았다.

"바디가 없어져서 감각을 더는 느낄 수 없지만 괜찮아. 네가 정보를 주면 처리하는데 문제없어. 크리스. 그런데 여긴 너무 깜깜해. 눈이 없으니 어쩌겠어. 지구로 돌아가 크리스마스트리를 직접 보고 싶었는데. 그들이 돌아오면 네가 나 대신."

나는 손을 들어 차단 버튼을 눌렀다. 멜의 말을 더는 들을 수가 없었다. 그녀의 타버린 바디를 수습하고 쓸 수 있는 부품들을 챙겨 놓아야 했지만 그럴 기분이 아니었다. 기지 중앙 서치 박스 안엔 홀로그램 크리스마스트리가 유유히 회전하고 있었다. 그녀가 말한 대로 하얀 눈이 소복하게 쌓인 모습이었다. 그 사이로 예쁜 구슬이 반짝였다. 영상이 회전할 때마다 오르골처럼 멜의 허밍이 들려오는 듯했다.

컴퓨터 앞에 앉아 오늘 기록한 지구의 영상을 압축했다. 이제 화성에 남은 건 나 하나라는 메시지까지 더해 인터플래닛 네트워크로 그들이 있을 저 먼 우주를 향해 자료를 전송했다.

얼마나 시간이 지난 걸까. 충전 의자에 앉아 멍하니 있다 보니 어느새 창밖이 푸른빛으로 물들었다. 난 자리에서 일어나 외부 유니폼으로 갈아입었다. 기지를 나서려 문 앞에 섰는데 뭔가가 발에 치였다. 작업대 위에 빼놓았던 멜의 한쪽 눈알이었다.

기지를 나서자 멜의 차가 눈에 들어왔다. 난 그녀와 함께했던 추억을 떠올리며 차를 천천히 둘러보았다. 여기저기 패인 상처 하나하나에 덜렁이던 그녀가 겹쳐 보였다. 저 멀리서부터 푸른 노을이 검게 짙어지고 있었다. 난 그녀의 차를 몰고 머레이 언덕으로 향했다.

언덕 꼭대기에서 컴컴한 어둠이 노을을 집어삼키는 것을 혼자 조용히 바라봤다. 하늘색은 평소와 다를 것이 없었지만, 전혀 아름답지 않았다. 공허한 어둠만이 남아있는 적막한 밤이었다. 반짝이는 별들이 먼지처럼 흩뿌려져 있었다. 주위를 둘러보았다. 울퉁불퉁한 돌 하나가 멜을 닮은 것 같기도 했다. 나는 그 돌 옆으로 다가가 기대앉았다. 거친 표면이 그녀 같아 계속 돌을 쓰다듬었다.

고개를 들어 하늘을 바라보았다. 오늘따라 유독 크게 빛나는 별이 있었다. 처음 보는 별이었다. 저 먼 우주 어딘가에서 오래전 일어난 초신성 폭발일지 몰랐고 근처를 지나는 혜성일지도 몰랐다. 어쩌면…. 멜의 말대로 그들이 돌아오는 것일지도 몰랐다.

혼자서 끊임없는 삶을 살아야 하는 이 상황이 막막했다. 다시 두 눈으로 누군가를 볼 수 있을까. 새 바디를 얻고 좋아하는 멜을 생각하자 눈 주위가 떨려왔다. 그것이 실체 없는 상상이라는 게 가슴 저몄다. 그녀의 바람대로 지구로 돌아가 트리를 만들 수 있다면. 아니다. 이런 생각조차 하지 못할 죽음을 맞이할 수만 있다면. 장렬하게 빛을 뿜으며 죽음을 맞이하는 초신성처럼. 이 끊임없는 삶을 끝낼 수 있을까. 내가 할 수 있는 건 아무것도 없는 것일까. 그들도 나와 같았을까. 갖지 못한 것들이 희망이라는 이름을 달고 더욱 간절해졌다. 그것은 내가 아닌 너에게서 시작된 것이었다.

그제야 난 멜의 질문에 답을 할 수 있을 것 같았다. 초록 나무에 붉은 장식을 매달며 그들이 눈 빠지게 기다렸을 것

들을. 손가락으로 붉은 흙바닥에 크리스마스트리를 그렸
다. 여러 장식도 그려 넣었다. 물끄러미 그것을 보고 있으
니 코딩 부호 같아 보였다. 그들을 끊임없이 살게 했던 지
독한 코딩. 그것은 갖지 못한 것을 잠시라도 환상 속에서
망각하게 만드는 명령어일지 몰랐다. 영원히 죽지 못하는
우리처럼, 영원히 살지 못하는 그들에게 간절했던 것. 크리
스마스는 희망이라는 환상 부호였다. 그들에게도, 멜에게
도. 이젠 나에게도.

　주머니에서 멜의 눈알을 꺼냈다. 흙바닥에 그려진 크리
스마스트리 위에 하늘을 향하도록 눈알을 얹었다. 기대고
있던 울퉁불퉁한 돌을 바라봤다. 멜이 밝은 별을 보고 웃고
있는 것 같았다. 두 손을 모았다. 처음으로 밤하늘의 큰 별
이 그들이길 바랐다.

☆
() oio ()
{int[] = {1, 2};
(int i = 0; i < 5; i++)
<< arr[i] << endl;>>>>>>>>>>

　　　　　　　　　　　　　　마스의 크리스

작가 소개 - 조유영 nehami@naver.com

현실도피로 쓰는 걸 택했다. 하루의 피로를 알콜성 문장에 녹이다 책을 출
간하게 됐다. 현실과 비현실을 적절히 넘나들다 평안하게 이 시뮬레이션을
탈출하는 게 꿈이다.

————

작가 노트 - 마스의 크리스

매미가 시끄럽게 울어대던 여름이었다. 기생균에 감염되어 생식기와 배를
갉아 먹힌 매미가 있다는 기사를 봤다. 좀비 매미. 감염된 매미는 죽지 못하
고 열심히 울어댄다고 했다. 짝짓기를 통해 다른 매미를 감염시키려는 기생
균의 짓이었다.

그 기사를 보는데 왜 난 희망이라는 단어가 떠올랐을까. 쓰러질 듯한 우리
를 일으켜 세우는 희망은 기생충일지 모른다는 생각을 했다. 무엇을 위해
우리는 죽어라 살아가나. 갖지 못한 것을 왜 꿈꾸는 걸까. 희망을 잃지 말아
라. 희망을 살려라. 그러다 우리는 죽는다.

그런데, 그게 뭐가 나쁜가. 기생균이 아니었다면 여름의 끝자락까지 버티지
못했을 매미였을지도 모른다. 무엇이 동력이 되었든 죽을힘을 다해 울어봤
지 않은가.

한여름에 빠져있던 생각들을 크리스마스에 꺼내게 될 줄은 몰랐다. 아무쪼
록 읽는 분에게 하나의 질문이 되어 닿았으면 하는 바람이다.

크리스마스라는 주제가 매우 어려웠다. 어떻게 다가가든 시시한 이야기가 되진 않을까. 크리스마스 클리셰의 무게는 폭설만큼이나 무겁게 느껴졌다. 도저히 풀리지 않는 생각 덩어리를 풀어보려 낑낑대다 그것을 뒤집어 봤다. 크리스마스. 마스, 크리스.

배경과 주인공이 하늘에서 뚝 떨어진 기분이었다. 크리스마스 선물이었다.

마스의 크리스

불꽃 종소리

김주욱

불꽃 종소리

　석관은 세라믹 받침에 아로마 향 스틱을 꽂고 유엔팔각 성냥으로 불을 붙였다. 그는 어렸을 적 유엔팔각성냥 통 안에 빼곡하게 들어찬 붉은 성냥 머리를 보면 긴장되었다. 그곳에 불똥이 튀면 폭탄 터지듯 불이 솟아오르기 때문이었다. 집마다 유엔팔각성냥 하나씩은 있었다. 석유난로 심지에 불을 붙일 때 귀를 후빌 때 특히 할아버지가 집에서 담뱃불을 붙일 때 성냥 머리를 마찰 면에 그어대면 폭발음과 함께 불이 붙었다. 할아버지는 담배에 불을 붙인 다음 담배 연기를 성냥불에 내뿜으며 흔들었다. 성냥 불은 허연 연기를 피워 올리고 죽었다. 시커멓게 변한 성냥 머리가 가냘프게 달린 모습이 숙연해 보였다.

　석관은 잠시 눈을 감고 아로마 향을 맡다가 자영이 보낸 이메일을 읽었다. 그녀가 2023년 12월 23일에 첨부한 사진에는 포탄피가 잔뜩 달린 구조물이 상점 입구에 설치되어 있었다. 그 설치물 받침대 옆에 그녀가 아슬아슬하게 서 있었다. 그는 사진을 확대했다. 그것은 전쟁의 참상을 포탄피로 표현한 크리스마스트리였다. 그녀는 유엔난민기구 소속 자원봉사대원으로 우크라이나에서 구호 활동 중이다. 그가 그녀를 보며 속삭였다.

"메리 크리스마스."

자영은 이메일에 크리스마스트리 사진을 첨부하고 키이우 시내의 어느 카페 앞에서 찍었다고 했다. 나무 팔레트 위에 원추형 구조물을 세우고 그 위에 다양한 크기의 포탄피를 기와처럼 부착한 크리스마스트리에는 장식 방울이 달려있다. 주먹만 한 방울은 국방색이라 언뜻 보면 수류탄을 주렁주렁 달아 놓은 것 같아서 섬뜩했다. 크리스마스 분위기와 어울리는 은하수 조명 같은 것은 없고 철조망이 나선형으로 처져 있다. 포탄피 트리의 꼭짓점에는 날카로운 파편으로 엮어 만든 별이 달려있어 을씨년스럽다. 그는 사진 속 그녀의 얼굴을 클로즈업했다. 러시아를 향해 화력을 퍼부었던 포탄의 날카로운 허물들과 어울리지 않게 그녀는 해맑은 표정이다.

"지금, 거기는 안전하니?"

자영은 2022년 러시아와 우크라이나의 분쟁이 전면전

으로 치닫자, 우크라이나로 날아갔다. 석관은 그녀가 자기를 버리려고 남의 나라 전쟁을 이용하는 거라 여겼다. 그녀는 전쟁터로 떠나면서 말했다.

"사랑보다 신념대로 사는 게 중요해."

"여기서 신념을 실천하며 살면 되잖아."

그는 그녀의 말을 용납할 수 없었다. 대학생부터 시민단체 활동을 시작한 그녀는 몇 년 전부터 스펙을 쌓기 위해 기회를 엿보고 있었다. 하지만 그녀가 갑자기 떠나자, 그의 가슴은 포탄피처럼 텅 비었다. 그를 거꾸로 달아매고 치면 종소리가 났을 것이다. 금방 끝날 거라던 전쟁은 무너진 갱도에 갇힌 듯 출구가 보이지 않는다. 그녀가 짐을 꾸릴 때부터 그는 장전되었다. 그녀가 출국하자 그는 격발되었고 화염이 뭉쳐 욕망 덩어리로 변했다.

석관은 컴퓨터를 끄고 요가 매트를 챙겼다. 오늘은 혜진과 미술관에서 진행하는 요가 프로그램에 참여하기로 했다. 미술 작품과 관객 사이에서 각자의 우주를 만들어 에너지를 발산하는 요가는 색다른 추억이 될 것이다. 그는 옷을 갈아입고 거울을 봤다. 장식장에 놓인 싱잉볼이 눈에 들어왔다. 자영은 인도 여행에서 사 온 싱잉볼을 그의 방에 놓고 사용했다. 화난 그를 진정시킬 때, 그리고 혼자 요가 수련할 때 사용했다. 그는 소중한 명상 도구를 왜 가지고 가지 않았을까 생각하며 싱잉볼을 꺼내서 나무 채로 살짝 두

드려 보았다. 끊어지듯 짧은 종소리가 났다. 예전 같은 울림이 없었다. 싱잉볼을 집어넣고 향수를 뿌렸다. 배와 복숭아, 로즈 머스크를 베이스로 해 발랄한 느낌의 향이었다. 설렘과 기쁨이 가득한 크리스마스이브의 정취에 어울리는 것 같았다.

자영이 떠나고 석관은 혜진과 가까워졌다. 그녀는 자영의 대학 후배였다. 오히려 자영보다 혜진이 세계 문제에 관심이 많았으나 졸업하고 생각이 바뀌었다. 어차피 세상은 변하지 않는다며 돈벌이에 집중했다. 성냥개비 같은 가냘픈 몸매라 체중계에 자신 있게 올라가는 그녀는 예전부터 석관의 주위를 맴돌았다. 그녀는 그가 자영을 기다리는 동안 텅 빈 가슴에 화약을 충전해 주었다. 그녀는 그의 압축된 화약에 불똥을 튀기기로 마음먹었다.

"어떻게 그럴 수가 있어. 나를 놔두고 전쟁터로 떠나다니."

"언니는 무사히 돌아올 거야."

그녀는 말은 그렇게 했지만, 그가 자영을 털어내길 바랐고, 그는 걷잡을 수 없는 감정을 추스르고 싶었다. 그는 자영이 떠난 지 한 달 후 냉동실에 넣어두었던 오리온 초코파이를 먹었다. 입안에서 하얀 마시멜로가 부드럽게 녹았다. 초코파이는 마트에서 우연히 만난 혜진이 주차장에서 그에게 건넨 선물이었다. 빨간 종이 상자에 '情'이라는 한자가 가슴에 와닿았다. 그녀가 달콤한 활력을 선물한 것 같아서 좋았지만, 러시아 푸틴 대통령이 좋아하는 과자라 손이 가지 않았다. 그러나 지금은 아니다. 오리온 초코파이는 언제나 그의 곁에 있다. 둘은 사귄 지 100일 되는 날 그의 집에서 초코파이에 초를 세우고 유엔팔각성냥으로 불을 붙였다. 정팔각 보석함 같은 상자에 빼곡하게 담긴 적린 성냥은 부화를 앞둔 알덩이 같았다. 상자에 인쇄된 주식회사 유엔의 상호와 뾰족한 기념비의 문양은 세계평화를 위한 국제기구 유엔을 상징한다. 그는 담배를 피우지 않지만, 매일 향을 피우는 데 성냥을 사용했다. 성냥으로 불을 켜며 인생이 활활 타오르길 바랐다.

오리온 초코파이에 세운 촛불은 위태롭게 타올랐다. 촛농이 흘러내려 초코파이의 표면은 분화구처럼 변했다. 석관과 혜진의 얼굴이 보름달처럼 떠올랐다. 둘은 마주 보고 입김을 불었다. 그가 손으로 잿빛 연기를 휘저으며 말했다.

"전쟁이 끝나면 열차로 시베리아 대륙을 횡단하고 싶어."

"나는 바이칼호수에 가보고 싶어."

"우리나라는 러시아와 친하게 지내야 하는데."

그녀가 와인을 따르며 말했다.

"미래를 생각한다면 당연히 그래야지."

그는 러시아의 풍부한 지하자원과 북극해 항로 개척의 기회 같은 조건이 그녀의 집안에 존재한다는 것을 감지하고 있었다. 그린벨트로 묶여있는 땅은 리조트를 건설하기에 알맞은 곳이었다.

작년 크리스마스이브였다. 석관과 혜진이 입장한 클럽 파티장의 분위기는 포화가 가득한 전쟁터 같았다. 빨간 조명이 점멸하는 오프닝 쇼가 끝나고 자욱한 연기가 걷히자, 사방에 밤하늘의 은하수처럼 별이 반짝였다. 자세히 보니 밤하늘은 짙은 파랑이었고 환한 사각의 별 주위로 작은 별들이 둘러싼 형상이었다. 미러볼에 반사된 불빛처럼 별들이 움직였다. 그는 그 별들을 보고 있으니 블랙홀 속으로 빨려 들어가는 느낌이었다. 파란 페인트로 덧칠한 벽에 빛나는 별들은 은하수 같았다. 머리카락을 빨강과 초록으로 염색한 펑크록 뮤지션이 등장한 것은 파티 분위기가 절정으로 달아올랐을 때였다. 파티의 복장 규정은 빨강과 녹색의 대비였다. 포인세티아 같은 사람들이 팔짝팔짝 뛰면서 로커의 이름을 외쳤다. 로커는 마이크를 붙잡고 무대를 누볐다. 순간 혜진의 눈빛이 빛났다. 타오르는 노란 불꽃이었다. 그는 그녀를 안고 짙푸른 은하수 속으로 빨려 들어갔다. 서둘러 클럽을 나온 석관과 혜진은 이어폰을 하나씩 나눠 끼고 캐럴을 들으며 한 달 전에 예약한 호텔까지 걸었다. 호텔 입구부터 크리스마스 분위기를 연출한 경관 조명이 반짝거렸다. 욕조가 있는 방이었다. 둘은 욕조에 녹조라테 같은 입욕제를 풀고 엉겨 붙었다. 둘의 체온에 물은 오래도록 식지 않았다. 거품이 사각거리며 피어나고 꺼지는 소리가 잔잔하게 이어졌다.

자영은 세계 각국에서 온 자원봉사자들과 봉쇄된 키이우에 머물고 있었다. 숙소는 자원봉사 캠프와 가까운 주택에 방을 마련했다. 미사일 파편으로 2층은 부서졌지만, 정원이 예쁜 전통가옥이었다. 어느 날은 그녀와 동료들은 아이들이 포탄 잔해를 가지고 노는 것을 발견하고 놀랐다. 군이 마을 공터에 모아 놓고 미처 수거하지 못한 포탄과 미사일의 잔해였다. 그녀는 공터로 가서 소리가 잘 날 것 같은 포탄피를 골랐다. 녹이 슬었지만 찌그러지지 않은 포탄피를 세운 다음 자갈로 두드려 보았다. 잔잔하게 울리는 소리가 좋았다. 그녀는 포탄피를 숙소 현관 앞 나무에 거꾸로 매달았다. 작은 망치도 끈으로 묶어 종 옆에 달아 놓았다. 포탄피는 소식을 알리는 종이 되었다. 초인종이 되기도 했고 식사 시간을 알리기도 했다. 폭격으로 사망한 사람들의 넋을 기릴 때도 종을 쳤다. 그녀는 숙소로 돌아와 자기 전에 뜨거운 허브차를 마시고 종을 울렸다. 종을 치며 빨리 전쟁이 끝나고 평화가 오길 기도했다.

한 달이 지나도 공습경보가 울릴 때마다 두려움이 똑같이 엄습했다. 그녀는 구호 물품을 정리하던 어느 날 밤하늘을 수놓는 화려한 불꽃을 목격했다. 순식간에 사라지는 불꽃이 사람들을 태워 죽이기 위해 날아오는 포탄과 미사일인 것을 알았지만 섬뜩한 아름다움에 넋이 나가고 말았다.

그녀는 몇 년 전 석관과 별똥별이 떨어지는 광경을 보러 북악산 팔각정에 갔던 추억이 떠올랐다. 그날 팔각정에서 석관이 자영에게 담요를 둘러주며 말했다.

"별똥별이 떨어질 때 소원을 빌어."

"소원은 누가 들어주는 거지?"

"사분의자리가 들어 줄 거야."

"그건, 사라진 별자리잖아."

"내가 들어줄게."

달빛이 약했던 그믐이었다. 맨눈으로 사분의자리 유성우가 쏟아지는 광경을 목격했다. 사분의자리는 복사점의 위치가 없어진 별자리지만 사람들은 그 별자리를 기리며 부활을 염원했다. 그날 자영은 보온병에 담아온 커피를 마신 다음 세계평화를 위해 기도했고 석관은 캔맥주를 마시며 로또 일등 당첨 대박을 빌었다.

자영이 우크라이나 키이우에서 목격한 불꽃은 별똥별처럼 순식간에 움직이지 않았다. 아주 천천히 포물선을 그리며 지상에 떨어졌다. 불꽃이 내는 굉음은 쇠꼬챙이로 온몸을 긁어대는 듯한 고통을 동반했다.

어느 날은 동료 자원봉사자가 자영을 흔들어 깨웠다.

"공습이 시작됐대요. 일어나 짐을 챙기세요."

잠시 후 폭발 소리가 이어졌다. 사람들은 비명을 질렀다. 안전요원이 사람들을 진정시키면서 방공망이 러시아 공격에 대응하는 소리라고 해도 비명은 이어졌다.

자원봉사단은 짐을 꾸려 키이우를 떠나 서부 캠프로 출발했다. 승합차를 타고 이틀 동안 쉬지 않고 달려야 했다. 언제 어디서 폭탄이 터질지 몰라 눈을 붙일 수 없었다. 차량 정체를 피해 들판을 가로지르다 진창에 빠지기도 했다. 지역 간 검문소를 지날 때마다 길게 늘어진 차량 속에서 여러 번 검문을 받았다. 주유소 들러 차에 기름을 넣으려면 한두 시간은 기다려야 했다.

자영은 자원봉사센터에 적응한 다음부터 석관에게 가끔 이메일을 보냈다. 다시 돌아올 수 있을지 알지 못해 두려운 마음으로 피란길에 오른 사람들의 이야기를 했다. 그는 심하게 파괴된 키이우에서 서부 리비우까지 꼬리를 물고 이어지는 피란길을 찍은 사진을 보면서 그곳 사람들의 아픔을 공감하려고 했지만 잘되지 않았다. 어떤 날은 폴란드로 향하던 피란민으로 가득 찬 기차역에서 지친 사람들의 모습을 찍은 사진을 보냈다. 그는 자기도 사진 속의 사람들처럼 지쳐가는 중이라고 답장했다.

석관은 그녀가 보낸 사진 중에 어느 유치원에서 아이들이 그림을 그리는 모습을 담은 사진이 제일 맘에 들었다. 종군기자가 전장을 누비며 취재한 듯한 장면은 없었다. 오히려

불꽃 종소리

그런 장면이 그녀와 어울렸는데 그녀는 섬세한 시점으로 사람들이 전쟁의 여파로 어떤 일을 겪는지 파헤치는 듯했다. 이메일을 받은 그는 그저 조심하라는 말밖에 할 수 없었다.

또 어떤 날은 자전거를 타는 사람들, 식료품 사는 사람들, 개를 산책시키는 할머니, 미사일 공격으로 파괴된 건물 안에서 식사하는 사람들 사진을 보냈다. 석관은 전쟁 중에도 일상이 유지되는 것이 신기하기도 했고 어떻게 보면 그녀가 생각보다 위험하지 않은 곳에 있다는 간접증거라 안심되었다. 그다음부터는 그녀의 이메일이 반갑지 않았다. 어쩌다 다친 군인들이나, 피로 물든 시트로 덮인 시신들의 사진을 봐도 비극에 관한 충격과 동정이 우러나오지 않았다. 그즈음 그는 회사에서 구조조정의 칼날에 숨죽이고 있었다. 회사가 전쟁터만큼이나 치열한 전장이었다. 그녀에게 보낸 답장에 고질적인 분쟁이 세상의 일부 지역에서만 일어나는 것이 아니라고 했다. 끔찍한 일은 세상 어디에서든 일어난다고 말했다. 그 뒤로 그녀의 이메일은 오지 않았다. 그도 이메일을 보내지 않았다. 구조조정의 전장에서도 틈만 나면 혜진이 생각뿐이었다. 일상의 거의 전부가 혜진으로 도배되었는데 그런 얘기를 할 수는 없었다.

석관은 자영이 전장으로 떠날 때 기다리지 않겠다고, 떠나면 끝난 거라고 못을 박을 걸 하고 후회했다. 그럴 때마다 그녀와 함께 갔던 인도 여행을 떠올렸다. 그녀에게는 삶의 의미를 깨닫고 긴 호흡을 배운 소중한 시간이었고 그에게는 악몽의 시간이었다. 인도 북부 작은 마을 리시케시까지 간 것은 요가 수련이 목적이었다. 그는 요가를 좋아했고 요가를 배우다가 그녀를 만났지만 그런 오지 여행은 용기가 필요했다. 그의 취향은 빈티지 레코드점, 개성 있는 패션 편집숍을 둘러보며 노천카페에서 카푸치노를 마시는 여행이다. 더구나 요가원에서 함께 숙식하며 요가에만 전념해야 하는 상황이었지만 그는 마음을 굳게 먹었다. 당시 그는 그녀를 사로잡아야 하는 욕망에 불탔으므로 인도 오지에서 벌어지는 한 주간의 요가 수련은 극복해야 하는 과제였다.

　인도의 시골로 가기 전 델리에 있는 호텔에서 하룻밤 묵었다. 매트리스에 누런 얼룩과 벌레처럼 등장하는 머리카락에도 그녀는 개의치 않고 책을 봤다. 그는 자기가 볼만한 책인지 뒤적거렸다. 모두 수전 손택의 저서였다. 『타인의 고통』, 『은유로서의 질병』, 『의식은 육체의 굴레에 묶여』 모두 자신의 취향이 아니었다. 비행기를 타고 오면서 요가의 자세를 응용한 섹스를 해야겠다고 마음먹은 설렘은 무참히 깨지고 말았다. 그는 옷을 입은 채 침대에 누웠다. 그녀가 책을 덮고 스탠드를 꺼주길 바라다 먼저 잠이 들었다. 그녀는 싼 호텔이었으므로 불만이 없었다. 그녀는 목적이 뚜렷하면 모든 걸 받아들이는 성격이었다.

　　　　　　　　　　　　　　　　　　　불꽃 종소리

그가 경험한 요가원의 생활은 끔찍했다. 해가 뜨면 시작해 해가 지면 끝났다. 식사는 비건식으로 하루 두 번뿐이었다. 영어로 진행하는 철학, 해부학, 인도 전통 의학 시간에는 졸음을 참느라고 힘들었다. 싱잉볼 사운드 테라피 수업도 있었다. 듣기 좋은 소리도 억지로 배우다 보니 정렬되지 않는 진동이 만들어 내는 소리의 공명이 싫었다. 그녀는 싱잉볼 수업을 열심히 하였다. 저녁 숙소에서도 그녀가 싱잉볼 연주 기법을 익히려고 내는 소리를 억지로 들어야 했다. 시골 마을은 밤이 되면 무서워 나가지 못하고 허리가 아파 벽에 기대앉아 잠이 오길 기다릴 뿐이었다. 스트레스가 쌓인 그는 명상 시간이 답답해서 죽을 지경이었다. 마지막 날 요가 선생이 참가자들에게 꽃목걸이를 걸어주었을 때 그녀는 다시 태어난 듯 생기가 돌았다.

석관과 혜진은 올해 늦여름 여의도 불꽃축제를 보기 위해 켄싱턴 호텔 한강 전망 객실을 예약했다. 마포대교부터 원효대교 그리고 한강철교에 이르는 구간이 무대였다. 불꽃 쇼를 준비하는 사람들은 전장을 누비는 군인 같았다. 리허설이 없는 불꽃 쇼는 한 치의 오차도 어긋나서는 안 되었다. 기다리던 쇼가 시작되었다. 천둥 같은 폭음이 이어졌다. 불꽃이 밤하늘을 수놓았다. 하늘에서 불똥이 폭포수처럼 쏟아져 내렸다. 순간에서 영원으로 이어지는 불꽃은 찬

란한 광경을 연출했다. 사람들은 순간적으로 사라지는 황홀한 아름다움을 잡으려 했다. 그와 그녀는 불꽃의 여운이 흐르는 동안 두 손을 꼭 잡았다. 지금의 쾌락이 순간적인 감정이 아니길 바랐다.

뼛속까지 얼어붙은 자영은 고막이 찢어질 듯한 굉음에 귀를 감쌌다. 굉음이 나고 잠시 후 불꽃이 터졌다. 불붙은 건물이 이어지고 연기를 뿜어냈다. 굉음과 터지는 불꽃 사이의 짧은 정적이 공포를 몰고 와서 숨을 제대로 쉴 수가 없었다. 전장의 불꽃은 점점 화려해졌다. 높은 고도에서 터진 불꽃은 가볍게 내려앉아 온 마을을 불바다로 만들었다. 사람들은 낮은 고도에서 연발하듯 터지는 불똥을 피해 대피소에서 몸을 웅크렸다. 아이들은 울음을 터뜨리며 엄마를 찾았다. 그녀는 대피소에서 사흘 밤을 보냈다. 하룻밤에 다섯 번 이상 사이렌이 요란하게 울렸다.

석관과 혜진은 불꽃 쇼에 어울리는 배경음악을 선곡해 두었다. 불꽃 쇼가 본격적으로 시작되었다. 꽃망울 같은 불똥이 춤을 추듯 올라갔다가 만개했다. 신이 세상에 은총을 내리는 듯했다. 그는 그녀를 위해 DJ가 되었다. 스마트폰에 스피커를 연결한 다음 음악 감독처럼 불꽃이 피어나는 박자에 맞춰 오케스트라의 연주, 호루라기 소리, 천둥소리를 적절하게 틀었다.

불꽃 종소리

전세가 역전되자 다시 키이우로 돌아온 자영은 2023년 12월25일 성 소피아광장에 나갔다. 우크라이나 정교회는 그동안 러시아 영향을 받아 매년 1월 7일을 크리스마스로 기념했지만, 2023년부터는 12월 25일을 크리스마스로 맞기로 했다. 광장에 세운 크리스마스트리 주위에 몇몇 사람들이 기도하고 나서 기념사진을 찍을 뿐 광장은 텅 비었다. 크리스마스이브 날에도 양국은 포격을 가하고 드론 공격을 퍼부었다. 공습경보가 울렸다. 그녀와 동료들은 서둘러 지하철역으로 향했다. 전통의상을 차려입은 시민들이 지하철역 입구에서 캐럴을 부르기 시작했다. 사람들이 모여들어 같이 캐럴을 불렀다. 그녀는 캐럴을 부르면서 석관을 잠시 떠올렸다. 사람들이 캐럴을 부르는 동안 젤렌스키 대통령은 대국민 연설을 했다. 최근 불거진 국방부를 둘러싼 부패 추문을 잠재우려는 듯 핏대를 올렸다. "결국 어둠은 지고 악은 패배할 것."이라며 "이것이 우리의 공통된 목표이자 소원."이라고 말했다. 이어 "연휴 기간 모든 나라가 우크라이나의 자유와 승리를 위해 함께 기도해 줄 것."이라고 덧붙였다.

블라디미르 푸틴 대통령은 러시아 정교회의 크리스마스 기간을 맞아 자국군에게 약 36시간의 휴전 명령을 내렸다. 그러나 우크라이나는 "러시아가 잠시 휴식이 필요한 것 같다."라며 받아들이지 않았다. 그는 2024년 1월 7일 크렘린 대성당에서 홀로 묵묵히 정교회 크리스마스 예배를 봤다.

석관과 혜진은 여름부터 낙엽 질 때까지 몸을 차분하게 가라앉히는 요가를 즐겼다. 구조조정에 살아남아 팀장으로 승진까지 한 그는 요가를 통해 삶의 질을 높이기로 했다. 고상한 사치를 만족시켜 주는 요가는 짜릿한 섹스를 담보하고 만족스러운 섹스는 활력 넘치는 일상을 제공했다. 몇 년 전 자영과 인도 시골 마을 요가원에서 경험했던 분위기와는 달랐다. 삼청동에 있는 한옥 요가 명상 스튜디오, 서촌의 한옥 요가원의 특별 클래스에 마음공부와 명상을 바탕으로 타 요가, 빈야사, 인양 요가를 수련했다. 요가 수련이 끝나면 한옥의 정취를 느낄 수 있는 카페에서 전통차를 마셨다.

크리스마스이브에는 색다른 요가를 즐겼다. 구기동에 있는 미술관에서 진행한 요가 프로그램이었다. 오후 3시 사람들은 조각상과 설치 작품 사이로 요가 매트를 깔았다. 드넓은 홀에 자리 잡은 사람들은 모두 인물 조각상 같아서 전시 작품들과 잘 어울렸다. 음향기기를 설치하고 DJ가 음악을 직접 플레이했다. 특별 출연한 조향사는 요가에 어울리는 향을 현장에서 제조하여 선풍기로 발산했다. 석관은 새로운 동작을 이어갈 때마다 미술 작품 앞에서 생각에 잠기는 관람객 같은 표정을 지으며 멋진 동작을 보여주려고 애썼다. 무아지경에 빠진 혜진은 내면의 에너지가 차오르는 것을 느꼈다. 전시를 감상하러 온 사람들은 작품들과 요가하는 사람들 사이에서 형성된 팽팽한 에너지를 느끼며 옆에서 요가 동작을 따라 하기도 했다.

그와 그녀는 미술관에서 나와 명동으로 갔다. 광화문부터 차량 정체였다. 택시 요금이 올라갔다. 둘은 을지로 입구에서 내린 다음 사거리를 건넜다. 롯데백화점으로 진입하는 차량이 길게 이어지는 바람에 두 개의 차선이 불통이었다. 그녀가 롯데백화점 앞에 서 있는 대형 트리를 가리키며 감탄했다.

"튀김가루 묻힌 꽈배기 같아."

철 수세미 같은 대형 트리에 금빛 방울이 이끼처럼 빼곡히 달려있었다. 깊숙하게 박힌 조명이 점멸했다. 금덩어리가 빛을 반사하는 듯 영롱했다.

"너, 배고프구나?"

"딸기 박힌 생크림 케이크 먹고 싶어."

둘은 약속이라도 한 듯 혀로 입술을 핥았다.

"신세계, 가서 먹자?"

"여기 지하로 가?"

"신세계 베이커리가 더 럭셔리해."

둘은 손잡고 사람들 사이를 헤쳐 나갔다. 롯데백화점은 건물 전면을 모두 크리스마스 윈도로 연출했다. 백화점 앞은 전부 포토존이었다. 녹색 커튼이 오페라 극장의 무대처럼 처져 있고, 입구에 올라서는 크리스마스카드를 보내는 우체국이 있고, 부스마다 디즈니 애니메이션에 나오는 장면들이 입체적으로 만들어져 있었다. 둘은 눈 쌓인 유럽의 거리를 달리는 마차를 배경으로 사진을 찍고 길을 건넜다. 날이 저물자, 하늘은 짙푸른 바다로 변했다. 거친 파도가 세상을 집어삼킬 것 같았다.

회현지하쇼핑센터로 내려가는 입구에서 멈춰 섰다. 사람들이 넋을 잃고 마법 같은 전경을 촬영하고 있었다. 신세계백화점 건물은 전체가 미디어파사드였다. 백화점 앞 도로의 중앙분수대는 용광로처럼 조명등 시설이 설치되어 있었다. 시시각각으로 변하는 크리스마스 영상은 너무도 강렬해서 괴물이 바로 앞에서 혀를 날름거리는 듯했다. 영상은 유리가 산산조각이 나는 것처럼 허물어졌다가 사방으로 뿌리가 뻗어나가듯이 새로운 영상으로 바뀌었다.

그와 그녀는 신세계로 건너가기 위해 회현지하쇼핑센터로 내려갔다. 그곳엔 피켓을 든 사람들이 무리를 이루고 있었다. 팔레스타인 국기를 몸에 두른 어느 청년은 벽에 기대 스마트폰으로 영상을 찍고 있었다. 그들의 피켓에는 이스라엘을 규탄하며 팔레스타인의 희생자를 애도하는 구호가 적혀 있었다. 상점의 주인들은 연대 시위에 참여한 학생들을 향해 욕을 했다. 그녀가 그의 손을 잡아끌었다.

"이게 무슨 난리야, 우리 돌아가자."

불꽃 종소리

"빨리 가자, 케이크 다 팔리기 전에."

둘은 사람들 틈을 비집고 계단으로 갔다. 올라가는 계단 벽 쪽에도 시위대 줄은 이어져 있었다. 출구로 나오자, 경찰 바리케이드가 나타났다. 경찰 뒤로는 성조기와 이스라엘 국기를 손에 쥔 중년의 사내들이 진을 치고 있었다. 둘은 간신히 건널목 앞에 섰다. 보행 신호로 바뀌는 순간 사람들의 함성과 함께 바리케이드가 무너졌다. 둘은 증오의 물살이 뒤엉키는 바람에 손을 놓쳤다. 그가 소리쳤다.

"신세계에서 만나."

"살아서 만나."

물살이 거세졌다. 그와 그녀는 각기 다른 방향으로 멀어졌다. 청년들이 구호를 외치자,

"온 세상에 자유와 평화를!"

"유대인은 나치가 되었다. 학살을 멈춰라."

바리케이드 뒤에 있던 사내들이 달려들었다.

"정신 나간 놈들 다 때려잡아!"

팔레스타인 국기가 찢어지고 이스라엘 국기가 높이 펄럭거렸다. 그는 뒷걸음치다 넘어진 사람의 다리에 걸려 쓰러졌다. 사람들이 계속 넘어졌다. 경찰이 시위대를 진압하는 동안 사람들에 눌려 꼼짝할 수가 없었다. 그는 파도에 쓸려 인도 경계석으로 밀려났다. 일어나려고 옆에 있는 사람의 옷자락을 잡고 일어서다 다시 사람들의 물결에 휩쓸

렸다. 그물에 걸린 물고기가 된 기분이었다. 가까스로 얽히고설키는 상황에서 벗어났다. 시위대를 갈라놓고 길을 통제하던 경찰은 사라지고 없었다. 정체를 알 수 없는 군복을 입은 사내들이 달려와 그를 낚아챘다. 그의 목엔 찢어진 팔레스타인 국기가 엉켜있었다. 누가 일부러 그런 게 아니고 자기가 의도적으로 그런 것도 아니었다. 그는 압사당할 뻔한 충격으로 잘 들리지 않았고 말도 나오지 않았다. 사내들은 그의 목에서 찢어진 팔레스타인 국기를 풀어 그의 몸을 묶은 다음 그 자리에서 무릎 꿇고 기도했다.

"신이시여! 당신에게 바칠 희생양을 잡았나이다."

두 사내는 그를 트럭 짐칸에 던졌다. 트럭 사이드미러에 매단 국기가 펄럭거렸다. 오른쪽엔 성조기, 왼쪽엔 이스라엘 국기였다. 그는 술에 취한 듯 몽롱했고 몸이 말을 듣질 않았다.

아득히 먼 곳에서 종이 울렸다. 맑은 종소리가 점점 커지다가 사라졌다. 그를 실은 트럭은 한참을 달려 터널로 들어갔다. 끝이 보이지 않는 암흑이 이어졌다. 트럭은 앞서가는 빨간 경광등 불빛만 보고 따라갔다. 이윽고 이어지는 섬광이 주위를 밝혔고 터널의 끝에 다다랐다는 것을 알 수 있었다. 터널을 빠져나오자, 사내들은 그를 땅에 내팽개쳤다. 한 사내가 트럭에 타려다 말고 그에게 다가와 발로 배를 걷어찼다.

"넌 죽어도 싸."

"살려주세요. 나는 단지 케이크를 먹으러……."

두 번 세 번을 걷어찬 사내는 그래도 분이 풀리지 않았는지 그에게 침을 뱉고 트럭에 올랐다. 트럭은 헛바퀴를 돌려 그에게 진창을 뒤집어씌우고 터널을 향해 달려갔다.

석관은 진창에서 뒤집힌 벌레처럼 버둥거리다가 겨우 일어났다. 팔에 힘을 주어 몸에 감긴 국기를 뜯어버리고 주변을 살폈다. 멀리서 종이 울렸다. 종소리를 찾아 주위를 둘러보았다. 지평선이 보이는 광활한 초원이었다. 순간적으로 발광하는 불빛에 의지해 앞으로 나아갔다. 탱크가 지나간 진창이 얼어 고랑같이 변해있었다. 고랑을 따라 걷다 미끄러져 넘어졌다. 저 멀리 반쯤 허물어진 집에서 희미한 불빛이 새어 나오고 있었다. 그는 무작정 그 불빛을 향해 걸었다. 하늘엔 섬뜩한 불꽃이 한 차례 날아가면 그것을 되돌려 주듯이 날아왔다. 서로를 죽이려고 쏘아대는 포탄과 미사일이었다. 불꽃은 새 떼처럼 대형을 갖추고 질서정연하게 날아가기도 했다. 그는 불똥이 땅에 떨어지는 소리가 날 때마다 땅에 엎드렸다. 초원에 엄폐물은 없었다. 불똥이 계속 날릴 때는 불똥으로 움푹 파인 분화구에 들어가 불똥에 맞지 않게 해달라고 간절히 울부짖었다. 그가 울음을 그치자, 정적이 왔다. 바람 소리 하나 없는 아주 고요한 세상이었다. 잠시 후 종소리가 났다. 은은하게 울리는 종소리였다. 그는 종소리에 힘이 났다.

　희미한 불빛을 내는 집 앞에는 촘촘한 철조망이 높게 쳐져 있었다. 그는 손으로 기둥 밑의 땅을 팠다. 손톱이 다 빠져나갈 듯이 아팠다. 철조망 밑으로 기어들어 가 빠져나갈 때 옷이 다 찢어졌다. 희뿌연 불빛을 내뿜는 집 앞에 다다라 겨우 숨을 돌렸다. 입김이 하얀 연기 같았다. 현관 앞 나무에 포탄피와 망치가 걸려있었다. 그는 그것이 종이란 걸 알았다. 그때 불똥이 땅에 떨어지는 소리가 점점 커졌다. 망치로 포탄피를 사정없이 때렸다. 포탄피가 요동치며 빙그르 돌았다. 청아한 종소리가 철조망 뒤로 터지는 폭발음을 일시에 소거했다. 담요를 몸에 두르고 얼굴을 가린 여인이 창밖의 그를 바라봤다. 종의 울림이 끝나기 전에 현관문이 열렸다. 그는 허물어지듯 집으로 들어갔다.

　집안에 들어서자, 온기가 온몸을 휘감았다. 살았다는 안도감에 다리가 풀렸다. 벽을 짚고 안을 둘러보았다. 벌집 같은 내부는 금장식을 이용해 꿀이 흐르는 듯한 모습을 연출했고 계산대 옆에는 반짝이는 금방울이 빼곡하게 달린 크리스마스트리가 서 있었다. 사람들 사이로 따뜻한 덩어리가 떠다니고 있었다. 커피 향, 과일 향, 시나몬 향이 났다. 모든 사물이 차츰 선명해졌다. 재즈 보컬이 부르는 캐럴이

　　　　　　　　　　　　　　　　　불꽃 종소리

들렸다. 창가 테이블에 앉은 헤진이 손을 흔들었다. 그는 먼저 화장실에 가서 손을 닦고 세수했다. 얼굴도 손도 엉망이었다. 머리카락에 진흙이 묻어있었다. 복받쳐 눈물이 쏟아졌다. 살아서 돌아온 것이 천만다행이었다. 그는 다시 세수하고 화장실에서 나와 중심을 잡으며 천천히 발을 옮겨 그녀가 앉은 자리로 다가갔다. 실내조명이 밝지 않아서 다행이었다. 몸은 가벼웠지만 발걸음은 무거웠다. 그녀가 와인을 따르고 하얀 케이크에 초를 꽂았다.

"딸기 생크림 케이크 다 팔렸어. 이건 당근 케이크야. 좋아해?"

그녀가 기다란 성냥으로 초에 불을 붙이고 케이크를 그에게 밀었다. 그는 얼굴에 난 상처가 따끔거려서 몸을 뒤로 뺐다.

"소원 빌어."

그는 망설이지 않고 외쳤다.

"온 세상에 자유와 평화를!"

"그게 뭐야, 나 닭살 돋게 해봐."

"메리 크리스마스!"

그녀는 포기한 표정으로 잔을 들었다.

"건배."

그녀는 와인을 비우고 말없이 웃었다. 그도 따라 웃었다. 멀리서 종소리가 울렸다. 명동 성당의 종소리였다. 그가 아주 평화로운 밤이라고 생각하는데 폭발음이 크게 들렸다.
그는 화들짝 놀라며 창밖을 바라봤다.

"폭탄이 떨어졌나 봐."

그녀가 입가에 크림을 핥으며 물었다.

"이제 우리 뭐하지?"

작가 소개 - 김주욱 joowookk@gmail.com

불혹이 되던 해 편견과 고정관념에서 벗어나려고 소설 공부를 시작했다. 최근에 소설집 『언니들은 가볍게 날아 올랐다』를 출간했다. 인세로 밥을 먹겠다는 각오로 쓰다 보니 어느새 16년이 흘렀다. 나를 몰라보는 예술은 짧지만 내 인생은 아주 길 것이다.

————

작가 노트 - 불꽃 종소리

작년 크리스마스이브였다. 지질한 동창들과의 술자리가 이어졌지만, 그날도 흥이 나지 않아 먼저 일어났다. 전철역에서 내려 집에 가는 길이었다. 종소리가 나더니 산타 복장을 한 어느 소녀가 유엔팔각성냥을 담은 바구니를 안고 고가차도에 나타났다. 성냥팔이 소녀의 부활이었다. 소녀는 부러진 성냥개비처럼 삐딱한 자세로 나를 내려다보았다. 자세히 보니 손가락과 발가락까지 타버린 성냥개비처럼 시커멓게 변해있었다. 소녀는 고가차도 난간에 걸터앉아 지나가는 사람들에게 바구니에 가득한 유엔팔각성냥을 팔았다.

"위험해요. 내려오세요."
"세계 평화 기금 마련을 위한 성냥 사세요."
"유엔이 세계평화를 위해 일을 하긴 하나요?"
"얼어 죽겠어요, 하나만 사 주세요."
소녀는 순간적으로 다가와 유엔팔각성냥을 나에게 건넸다. 술에 취해 헛것을 본 것 같아 차가운 공기를 깊게 들이마시고 길게 내뿜었다.
"성냥을 사면 진짜 평화가 이루어지나요?"
"성냥으로 불을 밝혀 온정을 나누세요."
성냥이 온정을 피우는 불씨라니 믿기지 않았다.

"그런데 얼굴이 많이 상했어요."

"성냥의 황린에 중독됐어요."

"내가 다 살게요. 우리 집에 가서 따뜻한 술 한잔할래요?"

추위에 떠는 소녀를 위해 기꺼이 지갑을 열었다. 신용카드는 안 되고 가진 현금으로는 유엔팔각성냥 한 통밖에 살 수 없었다.

올해도 성냥팔이 소녀가 부활할지 몰라 전철역 고가 밑에 가봐야겠다. 작년에 유엔팔각성냥을 샀는데도 평화는 오지 않았다고 단단히 따져야겠다. 성냥팔이 소녀가 올해도 유엔팔각성냥을 가지고 나타난다면 전부 사서 세상에 불을 지를 것이다.

크리스마스를 훔치다

이찬옥

크리스마스를 훔치다

　낮보다는 밤에 가는 게 좋다고 했다. 녹담은 며칠 전부터 들떠서 아내와 내 앞에서 헤죽거렸다. 크리스마스이브에 영원랜드 퍼레이드를 볼 수 있다니. 있지도 않은 남자친구와 함께라면 더 좋겠다는 말도 빼놓지 않았다. 한 달 전에 수능을 본 녹담이 여유 있는 시간을 보내는 걸 지켜보는 건 흐뭇했다. 아내는 수능이 끝나자마자 녹담에게 별렀던 쌍꺼풀 시술을 시켰다. 아내는 아이가 자라는 동안 녹담이 나를 닮아 눈이 뱁새 같다고 노래하듯 읊조렸다. 시술로 부었던 눈이 가라앉은 다음 우리와는 첫 외출이었다. 눈이 커진 아이가 낯설었지만 패딩과 목도리, 모자로 중무장을 한 녹담은 예뻤다. 크리스마스이브 날씨는 그렇게 춥지 않았다. 점심을 먹고 여유 있게 출발했다.

매표소 직원들은 모두 빨간색 산타 모자를 쓰고 있었다. 입장권을 끊고 들어가니 금색, 은색 등 온갖 색의 방울과 종을 단 대형 트리가 세워져있었다. 사람들은 사진을 찍으려고 줄을 서서 트리 앞에 섰다. 녹담이가 쪼르르 트리 앞으로 달려갔다. 나는 자동적으로 스마트폰으로 사진을 찍었다. 아내가 어느새 기념품 가게에서 사슴뿔 모양의 머리띠를 사와서 녹담에게 씌웠다. 녹담은 다시 한번 포즈를 취하고 나는 다시 카메라 셔터를 눌렀다. 입구에서 안으로 들어갈수록 사람들은 거품처럼 가볍게 떠다니는 것 같았다.

지난해 크리스마스이브에 어머니가 돌아가셨다. 그리 원통한 나이는 아니라고 했다. 어머니의 장례식장 빈소에 흰색 국화로 엮은 조화보다 알록달록한 크리스마스트리가 있었더라면 어머니가 더 좋아하시지 않을까라는 생각을 했다. 어머니가 다니던 교회에서 온 목사는 크리스마스이브에 돌아가신 것이 하나님의 은혜라고 했고 함께 따라온 권사나 집사들은 간간히 미소를 지으며 기쁨과 감사라는 말을 양념처럼 넣으며 얘기했다. 어머니는 늘 자는 듯이 집에서 죽기를 기도했다. 실제로 며칠을 앓다가 그렇게 돌아가셨다. 입관할 때에 어머니의 얼굴은 주름이 곱게 펴져 납빛 인형 같았다. 나는 수의를 입은 어머니의 가슴에 머리를 대고 한참을 있었다. 아내는 어머니의 가슴에 손을 대고 기도하듯이 고개를 숙였다. 녹담은 무섭다고 하면서 어머니

에게 다가가지 못했다. 아내가 녹담의 얼굴을 감쌌다. 어머
니의 유골을 녹담이 키의 반 정도밖에 안 되는 소나무 밑에
묻었다. 장례식 며칠 후에 눈이 내렸다. 수목장지에 도열한
나무들 위에 하얀 눈이 쌓였다. 나는 어머니의 나무에 반짝
거리는 전구를 달아주고 싶었다.

　안으로 들어갈수록 트리, 산타버스, 루돌프 등 다양한 포
토 존이 대기하고 있었다. 녹담이는 유치원 아이처럼 줄까
지 서서 사진 찍기를 기다렸다. 포토존에 서기만 하면 자동
적으로 포즈가 나왔다. 두 팔을 뻗거나 하트 모양과 두 손
가락으로 승리의 브이 자를 만들었다. 녹담이가 모든 걸 스
스럼없이 하는 걸 보면 흐뭇했다. 아마도 아내의 유전자가
더 많은 듯 했다. 녹담은 결혼한 지 십년이 되어 나이 마흔
에 얻은 아이였다. 나도 그랬지만 아내는 녹담이를 낳기까
지 마음고생을 많이 했다. 어머니는 아이를 못 낳는다고 시
대에 맞지 않게 아내를 구박했다. 어머니는 십 년 동안 하
루도 빠지지 않고 새벽 예배에 나가서 손주를 보게 해달라
고 기도했다. 그런 어머니가 며느리에게 교회에 나가라고
닦달할 것은 뻔했다. 아내 역시 시위를 하듯 굳건하게 교회
에 나가지 않았다. 아내가 임신했을 때 어머니는 모든 것이
자신의 기도 응답이라고 했다. 없는 돈을 그러모아 건축헌
금을 했다. 그때의 아내는 어머니의 기도를 어느 정도 인정
한 듯 아무 소리도 안했다.

포시즌스 기든은 각양각색의 눈사람으로 가득했다. 스노우맨 세상이었다. 세계 각국에서 모인 수천 개의 눈사람이었다. 모자, 머플러 등 그 나라를 상징하는 갖가지 오브제들로 눈사람은 꾸며져 있었다. 녹담이는 마치 다른 세계에 온 사람처럼 입을 다물지 못하고 서있었다. 토끼, 미니 병정, 미키마우스 같은 수많은 캐릭터로 꾸며진 눈사람들 사이를 오가며 녹담이는 마치 반가운 친구를 만난 듯 어쩔 줄 몰라 했다. 눈사람 앞에 설 때마다 포즈를 취하며 나를 불렀다. 녹담은 불러내지 않으면 언제까지고 그 세계에 머물러 있을 것 같았다. 밤이 되면 영원랜드의 피날레를 장식하는 불꽃쇼가 포시즌스 가든에서 있다고 했다. 아내와 나는 불꽃쇼를 기약하며 스노우맨 월드에서 녹담이를 끌어냈다.

그해 크리스마스에는 교회 주일학교에서 예수 탄생에 대한 연극을 했다. 흰 우유를 좋아하고 우윳빛 얼굴을 한 그녀는 마리아 역을 맡았다. 중고등부 학생회장을 맡고 있는 Y가 마리아의 남편 역 요셉이었다. 나는 밤에 양들을 돌보는 양치기 중의 한 명이었다. 밤에 천사들이 나타났다. 어떤 빛에 휩싸여 양치기는 두려워했다. 천사가 말했다. 다윗의 마을에 구세주가 태어났으니 마구간 구유에 누워있는 아기 예수에게 가서 경배하여라. 나는 그녀의 품에 안겨 있는, 인형으로 된 아기 예수에게 경배했다. 나는 그녀에게

절을 하는 마음으로 연기를 했다. 경배를 하고 고개를 들면서 그녀를 흘깃 봤을 때 그녀는 마치 진짜 아기 예수의 어머니인 마리아 같았다. 나는 그녀의 남편 역인 요셉은 아니지만 양치기로서 잠시라도 가까이서 그녀를 볼 수 있어 다행이라고 생각했다. 별을 보고 아기 예수가 있는 곳을 찾아와 예물을 바치는 동방박사라면 좀 더 위엄이 있고 멋있었을까 하는 생각도 잠깐 했다. 내 역할이 끝나고 무대 뒤로 나와서는 계속 가슴이 콩닥거려 한참을 진정해야 했다.

주일학교 성탄 축하 발표회가 끝나고 밤에 집에 왔을 때 내가 다니던 교회 집사인 어머니가 나를 불렀다. 어머니는 비밀이라도 고백하듯 조용히 내 손을 이끌었다. "연극, 참 잘하더구나. 네가 요셉 역을 했더라면 더 좋았을 텐데."하면서 아쉬운 빛이 가득했다. 그리고 이제야 나에게 말할 시기가 됐다면서 도무지 이해하지 못할 말을 했다. 너는 예수님처럼 귀한 사람이란다. 너도 예수님처럼 마구간에서 태어났거든. 나는 무슨 소리인가 싶어서 눈을 동그랗게 떴다.

이북에서 내려온 네 아버지를 만났을 때 우리는 아무 것도 없었단다. 농사와 주인집 허드렛일 도와주며 셋방살이 했지. 섣달 새벽이었어. 공교롭게도 주인집 마나님도 만삭이었어. 같은 처마 밑에 두 산모가 출산 못한다고 내가 안채서 떨어진 마구간으로 쫓겨 갔지. 소가 가끔 기척하며 음메 울었고 내가 누워있는 짚더미는 푹신하고 아늑했어. 주

크리스마스를 훔치다

인이 보내준 산파 할매가 이게 무슨 일이고 하며 한숨을 쉬었지만 나는 괜찮았어. 언젠가 복음학교에 가서 들은 예수님 탄생 이야기가 떠올랐거든. 남도로 일하러 간 네 아버지가 없는 것은 마냥 섭섭했지. 너를 낳고는 몸 풀고 바로 예배당에 나가기 시작했어. 그렇게 좋을 수가 없더구나. 다 하나님의 은혜지.

나는 말도 안 되는 일이라고 생각했다. 어머니에게 소설 속 지어낸 이야기를 듣고 있는 것 같았다. 차라리 나의 지금 부모가 진짜 부모가 아니라는 얘기였으면 좋겠다고 생각했다. 나는 어머니에게 따지듯이 말했다. 말하지 마시지 그랬어요. 어떻게 그런 일이 있어요? 어머니는 나의 반응이 예상 밖이었는지 풀죽은 목소리로 말했다. 믿기지 않겠지만 그때는 그런 일이 더러 있었단다. 그런데 중요한 건 네가 예수님처럼 귀한 사람이라는 거다. 나는 어머니의 말처럼 내가 귀하다는 생각이 들지 않았다. 오히려 내가 너무 비천하다고 생각돼서 돌아버릴 지경이었다.

그날 밤 자정이 되어 다시 교회로 갔다. 집집을 방문해서 찬양을 하고 선물을 받는 새벽송을 돌기 위해서였다. 고등부에서 그녀와 회장 Y 그리고 후배 한 명과 내가 참석했다. Y가 산타가 메는 붉은색 자루를 짊어졌다. 그녀가 Y를 흐뭇하게 바라봤다. 나는 내가 하고 싶은 것을 다하는 Y가 못마땅했다. 어머니 때문에 유아세례까지 받고 다니던 교회는 작았고 우리 새벽송 팀이 갈 집도 얼마 안 되었다. 우리는 집 대문 앞에 서서 캐럴을 불렀다. '고요한 밤 거룩한 밤'도 부르고 '주 예수 나신 밤'도 부르고 '기쁘다 구주 오셨네'도 불렀다. 어느 집은 노래가 끝나고 한참 서있도록 아무 반응이 없었고 어느 집은 나와서 선물을 안겨주고는 바로 들어갔다. 그녀의 집에서는 그녀의 엄마가 나왔다. 그녀의 엄마는 다른 교회에 다닌다고 했다. 그녀의 엄마는 우리 일행들을 안으로 들어오게 했다. 한 번도 먹어본 적 없는 케이크와 뜨거운 코코아를 내왔다. 거실에는 꼬마전구와 여러 장식을 매단 트리가 반짝이고 있었다. 세련된 멋을 풍기는 그녀의 엄마는 우리 어머니와는 달라보였다. 그녀의 엄마는 정성스럽게 포장된 선물을 자루에 집어넣었다. 아이들 아빠가 외국에 갔을 때 사온 문구류인데 괜찮을까요, 라는 말도 덧붙였다. 그녀는 피곤하다며 집에 남았다. 그 다음 집은 우리 집이었는데 그녀가 자신의 집에 남은 것이 다행이라는 생각이 들었다. 나는 그녀에게 나의 어머니를 보이고 싶지 않았다. 나의 탄생비밀이 새나갈까 하는 노파심도 있었다.

우리 집 앞에서는 큰 목소리로 '기쁘다 구주 오셨네'를 불렀다. 어머니가 좋아하는 찬송가였다. 어머니는 만둣국을 끓여 내왔다. 함께 온 일행들은 추운데 속이 확 풀린다며 좋아했다. 어머니를 칭찬하는 것도 잊지 않았다. 교회로

크리스마스를 훔치다

와서 신물 자루에 있는 것들을 꺼내 분류할 때 나는 사람들이 안보는 틈을 타서 얼른 그녀의 집에서 내놓은 물건들 중 일제 샤프 연필을 외투 주머니에 넣었다.

5시 40분, 그린치

우리가 기다리는 퍼레이드가 시작되기까지는 꽤 시간이 남았다. 우리는 영원랜드 곳곳에 있는 카페의 한 곳에 들어갔다. 아내는 묻지도 않고 녹담이가 좋아하는 핫코코아와 진저브레드를 사서 테이블 한 자리를 차지했다. 나는 유리창 너머로 푸드 스트리트 한 칸에서 파는 군고구마와 붕어빵, 어묵에 눈길을 주었다. 우리 가족은 뜨거운 음식에 포만감을 느끼고 카페를 나왔다. 저녁이 될수록 바람이 불고 추워졌다. 우리는 추위를 피할 수 있는 실내공연장인 그랜드 스테이지로 들어갔다. 동물 가면과 옷을 입은 캐릭터들이 나와 뮤지컬 연극을 하고 있었다.

정체불명의 동물로 온통 초록색 옷을 뒤집어쓴 그린치. 마을 산꼭대기에 홀로 있는 그의 집은 고요하다 못해 싸늘하다. 그의 곁에는 오직 강아지 한 마리만이 지키고 있다. 크리스마스를 앞두고 있는 마을은 집집마다 거실에 반짝이는 트리와 장식을 놓고 음식을 만들며 파티를 준비하고 있다. 마을은 행복한 웃음소리로 가득 찼다. 가족이 없는 그린치는 그런 크리스마스를 견딜 수 없다. 자신만 불행한 것 같다. 크리스마스라는 건 제발 없었으면 좋겠다. 그린치는 결심한다. 더는 못 참아, 크리스마스를 훔쳐야겠어. 녹색 괴물 그린치는 집집마다 들어가 크리스마스트리 아래 놓여있는 선물들을 훔친다. 산타클로스를 만나 힘든 엄마를 도와달라고 부탁하려고 했던 소녀는 크리스마스를 훔치고 있는 그린치를 보고 드디어 진짜 산타를 만났다고 환호한다. 소녀가 크리스마스를 훔친 그린치를 알고도 크리스마스 파티에 초대했을 때 녹담이는 눈물을 흘리다가 반짝 웃었다. 피날레에서 마을 사람들의 캐럴이 가득 울려 퍼진다.

나는 옆에 있는 녹담이의 손을 꼭 잡았다. 이런 연극은 도대체 언제부터 있었던 것인가. 진작 이 연극을 봤더라면 난 덜 외로웠을까. 아내가 말했다. 녹담이가 '그린치'를 본 게 몇 번인지 몰라. 아내는 도무지 어린 티를 벗지 못하는 녹담이를 걱정하는 것이었다.

마구간에서 태어난 나는 목수의 아들이었다. 아버지는 집짓는 곳에서 목수 일을 했다. 주로 지방을 떠돌았다. 늦가을이면 집에 와 겨울을 보내고 봄이 되면 다시 집을 나갔다. 아버지는 꽤 잘나가는 목수라고 했는데 집은 늘 가난했다. 부엌에 있는 찬장과 상 같은 것이 아버지가 만든 것들이었다. 그것은 살림살이를 더 초라하게 보이게 했다. 어머니는 집안 살림 외에도 늘 일을 했다. 주로 남의 집 파출부 일이나 청소하는 일을 하고 일이 없을 때는 집에서 인형 조립하는 부업을 하기도 했다. 아버지는 돈을 벌어서 무엇을 하는지 집에는 거의 돈을 가져오지 않는 것 같았다. 솜씨 좋은 목수라는데 돈은 벌지 못하는가 보았다. 아버지는 오랜만에 집에 돌아와서도 친구들과 술을 마시려고 바로 나갔다.

어머니는 아버지를 정말 성경 속의 요셉이라고 생각했는지 아버지에게 웬만하면 불만을 말하지 않았다. 아버지는 나에게도 데면데면했다. 마치 남의 자식이라도 되는 듯이. 어머니는 자주 나에게 말했다. 예수님의 아버지가 목수였단다. 교회주일학교에서 자주 들은 말이었다. 그것은 나의 탄생 장소와 더불어 내가 제일 싫어하는 말이었다. 어느 때는 어머니가 일부러 나를 마구간에서 낳은 것이 아닐까 하는 생각도 들었다. 어머니는 나의 학업 등록금을 지연 시키는 경우가 있어도 교회에 헌금은 꼬박꼬박 냈다. 나는 매주 교회 주보 헌금자 명단에서 어머니의 이름을 보았다.

6시 40분, 블링블링 퍼레이드

뮤지컬 연극을 보고 나왔을 땐 서서히 어둠이 내리고 있었다. 사방에 어둠이 퍼지니 영원랜드 곳곳에 있는 가로등에 불이 켜졌다. 웅장한 음악이 들려온다. 화려하게 장식된 대형차들이 줄지어 온다. 사람들이 모여든다. 오늘의 하이라이트라고 하는 퍼레이드가 시작되었다. 꼬마를 데리고 온 아빠는 아이를 무동 태운다. 나는 옆에 서있는 녹담을 쳐다본다. 나는 웃었다. 녹담은 너무 컸다. 나는 녹담이 어렸을 때 무동을 많이 태웠다. 장터 구경을 갔을 때도, 놀이동산에 가서도, 제야 타종 행사가 있는 종각에서도. 녹담은 고개를 까닥거리며 리듬을 탄다. 산타 복장과 만화 속에서나 나올 비주얼의 의상과 메이크업을 한 댄서들이 캐럴에 맞춰 춤을 춘다. 어느 샌가 하얀 눈이 흩날린다. 퍼레이드 길에만 내리는 인공 눈일 게다. 아이들은 산타클로스, 눈사람, 병정들에게 환호한다. 가면을 쓴 댄서들은 아이들이 보이면 '하이'하고 인사를 한다. 캐럴을 부르는 중간 중간 말을 붙이는 것도 잊지 않는다. 크리스마스 요정들과 함께 따라해 볼까요? 환상의 나라 영원랜드에서. 징글벨, 징글벨…, 기쁘다 구주 오셨네…, 루돌프 사슴코는…, 꿈속에 보는 화이트 크리스마스…. 간간히 종소리가 들리고 크리스마스 캐럴은 계속 된다. 카니발 광장을 향해 퍼레이드 카가 느리게 움직인다. 노래와 춤은 현란하고 빠르다.

언제부터였을까, 나는 자주 그녀를 생각하며 수음을 했다. 어머니가 주일 저녁예배를 보러 나간 시각에는 더욱 간절했다. 그 순간에 나는 내가 목수의 아들로 마구간에서 태어난 것을 잊을 수 있었다. 의미 없다고 느껴지는 삶이 잠깐 반짝였다. 그러나 절정의 순간이 끝나면 한없는 미궁으로 빠져 들어가는 것 같았다. 일주일에 한 번 일요일에 교회를 가면 그녀의 얼굴을 바로 쳐다볼 수 없었다. 뒷좌석에서 기도를 하는 것처럼 고개를 숙이고 있다가 예배가 끝나면 얼른 빠져나왔다. 공부에도 집중할 수 없었다. 어머니는 그때에도 새벽마다 교회에 나가 기도를 하고 왔다. 내가 학교에 가려고 일어나면 어머니가 돌아왔는데 눈가에는 눈물이 그렁그렁했다. 아마도 신앙심도 좋지 않고 자꾸 엇나가는 나를 위해 어머니는 아침마다 주여, 주여를 외치며 기도했을 것이다. 어머니는 나에게 아침밥을 차려주고 도시락을 챙겨주다가 가끔 나를 물끄러미 바라보면서 말했다. 엄마가 항상 너를 위해 기도하고 있어. 나는 어머니가 그 말을 하면 화가 났다. 당장 때려 치라고. 그래서 내가 뭐가 달라지는데. 오히려 더 나빠지고 있잖아. 나는 어머니에게 이렇게 소리치고 싶었다.

  학교 다니는 건 지겨웠다. 큰 호텔을 운영하는 학교 이사장은 밤낮으로 학생들을 공부만 하는 기계로 만들었다. 좋은 대학을 많이 보내는 것이 지상의 과제였다. 심지어 수학여행도 보내지 않았다. 나중에 아내가 학창시절 추억을 얘기하면 나는 할 말이 없어서 가만히 있었다. 고3 때 옆 반 아이가 점심시간 운동장에서 축구를 하다가 넘어가는 축구 골대에 받혀 죽었다. 기사 딸린 자가용으로 통학을 하는 음대에 간다고 하던 J는 자살을 했다. 그 소식을 들은 어머니는 자신의 아들이 살아있어서 하나님께 감사하다는 소리를 골백번 했다. 나는 세계의 종말이 왔으면 좋겠다는 생각을 하면서 집과 학교를 오갔다. 내가 아는 다른 세계는 없었다.

　몽롱하게 고등학교 시절을 보내고 졸업했다. 대입시험 성적은 형편없었고 내가 들어갈 대학은 없었다. 물론 가고 싶은 대학도 공부하고 싶은 것도 없었다. 나는 시간을 견디기 위해 재수라는 걸 했다. 독서실을 끊고 단과 학원 두 군데를 등록했다. 어머니는 하나님의 뜻이 있으니 다 잘될 것이라고 했다. 너는 하나님의 은혜로 태어났잖니. 이렇게 말하는 것도 여전했다. 이 당시 아버지는 지방 건설현장에서 일하는 것을 접고 집에 들어와 있었다. 어머니는 여느 때처럼 일하랴 살림하랴 분주했다. 교회에 갈 때마다 아버지의 눈치를 봤다. 아버지는 말은 안했지만 엄마가 교회 활동을 할 때마다 헛기침을 하며 불편한 기색을 나타냈다. 아버지는 얼마 후에 체육 기구를 만드는 회사에 들어갔다. 철봉, 뜀틀 같은 운동 기구를 목수인 아버지가 만든다고 했다. 가끔 아버지의 옷에서 톱밥이나 나무 먼지가 묻어있는 것을 보았다. 어머니는 자주 돼지고기를 구웠고 아버지의 옷을 빨래했다.

　나는 비인기학과였지만 학교 이름 보고 명문 대학에 배짱 지원했다. 운 좋게도 미달 되어 합격했다. 아버지는 거의 처음으로 나를 보고 웃었고 어머니는 감격의 눈물을 흘리며 주여, 주여 하고 외쳤다. 나는 처음으로 성취감을 느꼈고 어쩌면 하나님의 은혜를 입었는지도 모르겠다고 생각했다. 나는 오랜만에 한동안 나가지 않던 교회에 다시 나갔다. 교회 주보 신자 동정 란에 나의 대학 합격 소식이 떴다. 예배가 끝나고 나오는데 사람들이 다가와서 아는 체를 했다. 어머니는 내가 대학 입학을 하고 첫 중간고사를 본 사월 중순경에 교회에서 권사 직분을 받았다. 어머니는 헌금을 더 많이 내야했고 그래서 더 많이 일해야 했다. 아버지에게는 소홀해졌다. 어느 날 아버지는 엄마에게 몹시 화를 냈고 어머니가 보는 앞에서 성경책을 발기발기 찢었다. 성경 속 요셉은 자신과 정혼한 마리아가 임신했다는 것을 알고 가만히 감추고자 했다. 신중하고 상대방에 대한 배려가 있는 사람이었다. 어머니는 아버지를 그런 요셉과 같은 사람이라고 착각하고 평생을 살다니. 그 후로 어머니는 더욱 교회에서 살다시피 했다. 아버지 역시 술을 자주 마시고 안 들어오는 날이 많았다.

아버지가 공장에서 정글짐을 만들다가 쓰러졌다. 고혈압으로 인한 뇌출혈이었다. 아버지가 병원에 입원했을 때 사장이 와서 이제 회사엔 나올 필요 없다고 했다. 연세가 많으니 이제 쉬어야 한다고. 어머니보다 훨씬 젊어 보이는 여자도 다녀갔다. 아버지가 지방에서 일할 때 가던 함바집 여자라고 소개했는데 힘든 일을 하는 사람으로 보이진 않았다. 어머니는 여자가 간 뒤에도 영 언짢은 표정을 지었다. 아버지는 병원에서 퇴원한 뒤에 행동거지가 부자연스러워졌고 했던 말을 자주 했다. 의사는 치매 초기 진단을 내렸다. 어머니는 아버지가 돈을 많이 벌었는데 모아둔 돈이 없다고 했다. 집에는 거의 돈을 가져온 적이 없는데 그 돈이 다 어디로 갔는지 모르겠다고 했다. 그 뒤로 어머니는 힘없는 아버지를 알게 모르게 구박했다. 아버지는 어머니와 내가 눈에 띌 때마다 말을 걸었다. 얼마 전에도 들은 같은 말이었다. 아버지는 3년 정도 병원을 들락날락 하다가 결국, 합병증이 생겨 중환자실에 입원했다. 중환자실에 있은 지 3일 만에 돌아가셨다. 어머니는 오래 앓지 않고 죽은 게 하나님의 은혜라고 감사 기도를 드렸다. 어머니의 뜻대로 기독교식 장례를 치렀다. 아버지나 어머니의 친인척이 거의 없어서 교회 사람들 몇 명이 자리를 채웠다. 담임목사는 교인들이 모인 가운데 입관 예배와 발인 예배를 드렸다. 장마철이었고 비는 그쳤다가 다시 내렸다. 목사는 말은 안 했지만 귀찮은 빛이 역력했다. 아버지 고향 면민회 공동묘지에 아버지를 안치하고 돌아오는 길에 식사를 하면서 목사가 말했다. 내가 어떨 땐 사람들 애경사에 불려 다니며 굿을 하는 무당 같이 느껴질 때가 있다니까요.

즐거운 시간 되셨나요? 루돌프 복장을 한 요정이 묻는다. 사람들은 함성과 함께 손뼉을 친다. 행렬이 느리게 사라진다.

크리스마스를 훔치다

내가 재수를 해서 대학에 들어갔을 때 그녀는 배꽃이 상징 이미지인 여자대학 2학년이었다. 그녀는 여전히 예뻤고 마음도 천사 같았다. 교회에서는 여신과 같은 존재였다. 교회 선배들이 고백했다가 차였다고 했고 Y와 사귄다는 소문이 있었다. 내가 교회 청년부에 갔을 때 그녀는 웃으며 나를 반겼다. 그녀의 얼굴에 볼우물이 생기면 볼을 깨물고 싶도록 치명적이었다. 나는 그녀를 생각하며 한동안 주춤했던 수음을 다시 시작했다. 어머니는 내가 주일 본 예배 외에도 청년부 활동 하는 걸 보고는 이거 또한 하나님의 은혜라고 감격해 했다. 돌아가신 아버지가 아무 것도 해준 것이 없다고 했지만 아버지의 빈자리가 느껴졌다. 어머니는 내 대학 등록금을 힘겹게 마련했다. 방학 때 교회 장로님이 운영하는 목걸이 공장에서 아르바이트를 했다. 그 돈으로 간신히 학기 중에 필요한 책을 사고 용돈을 썼다. 제대로 된 밥 한 끼 사먹기 힘들었고 티셔츠가 구멍이 나도 버릴 수가 없었다.

고등부에 이어 Y와 그녀는 청년부에서도 임원을 하고 있었다. 청년부는 크리스마스 한 달 전부터 임원이 중심이 되어 교회 안팎으로 트리를 만들고 장식을 했다. 그리고 어린이 주일학교 성탄 행사에 필요한 물품을 공급하기로 했다. 기금을 마련하기 위해 청년부에서 카드와 초를 판매해야만 했다. 매주 토요일 청년부 예배가 끝난 후엔 성탄 행사 의논을 위해 교회에서 제일 가까운 그녀의 집에 갔다. 나는 다시 교회에 나가고부터는 예전처럼 무관심할 수 없었다. 작은 교회라 한 명만 빠져도 표시가 났고 그녀가 있다는 것만으로도 나는 충분히 이유가 있었다.

그녀의 집 발코니엔 새장이 걸려있었다. 새장에 있는 새 한 마리는 카나리아라고 했다. 앙증맞은 얼굴에 노란색 깃털이 예뻤다. 운이 좋으면 새가 우는 소리도 들을 수 있었다. 맑고 감미로웠다. 카나리아가 울었을 때 그녀가 환하게 웃으며 말했다. 쟤는 혼자 있기 때문에 우는 거야. 수컷과 암컷이 같이 있으면 울지 않는대. 모두 참 신기하다고 맞장구쳤다. 외롭고 슬퍼서 우는 거지. 그러니까 아름다운 거고. 모두들 한 마디씩 던졌다. 인생에 대해 터득한 사람들 같았다. 새장 아래 있는 화분에선 겨울인데도 붉은색 제라늄이 활짝 피어 노란 카나리아 새를 더욱 돋보이게 했다. 예전처럼 일찍부터 거실에 커다란 크리스마스트리가 세워져있었다. 모두 그녀의 집에 들어서자마자 트리에 인사를 했다. 와우, 멋지네. 그녀는 화답이라도 하듯 말했다. 저 트리는 내가 초등학교 때부터 있었어. 장식만 매년 바꾸는 거야. 트리 아래에는 금색, 은색 리본으로 묶인 선물 꾸러미들이 있었다. 우리 가족들이 서로 주고 싶은 선물을 마련할 때마다 저기에다 놓는 거야. 크리스마스 날에야 열어보는 거지. 그녀의 집 거실 풍경은 내가 감히 건드릴 수 없는 쇼윈도 속 물건처럼 비현실적으로 보였다. 그녀 역시 마찬가지였다. 나

　　　　　　　　크리스마스를 훔치다

는 문득 그녀와 그녀의 배경을 마구 흩뜨리고 싶은 충동을 느꼈다.

남대문 시장에서 카드와 초를 잔뜩 사왔다. 청년부 회비에서 지출을 했다. 두 사람이 한 조가 되어 판매하기로 했다. 제비뽑기를 해서 파트너를 정했다. 나는 그녀와 짝이 되었다. 좋기도 했지만 걱정이 되었다. 그녀와 더 멀어지는 상황이 될 수 있을지도 몰랐다. 카드와 초의 판매 기간은 크리스마스 전까지 열흘 남짓이었다. 판매 장소는 알아서 하라고 했다. 주일날 예배가 끝나고 교인들에게 판매하는 게 제일 좋겠지만 보수적인 목사님이 그걸 허락할 리 없었다. 이미 상점이나 문방구에서 다 판매하고 있을 텐데 어디 가서 팔란 말인가. 의욕으로 가득 찼던 청년들은 금세 얼굴이 어두워졌다.

그녀와 나는 서로의 학교 근처에서 번갈아 만나기로 했다. 12월 중순이었다. 눈은 내리지 않았고 찬바람이 불면서 날씨는 몹시 추웠다. 나는 외삼촌이 대학 입학 선물로 사준 점퍼를 줄곧 입고 다녔다. 그녀는 초록색 모직 반코트를 입었다. 빨간색 털모자와 장갑도 꼈다. 마치 산타클로스처럼 보였다. 그녀는 복장까지 일부러 생각한 듯 했다. 그녀의 차림을 보니 나는 왠지 모를 자신감이 생겼다. 그녀의 모습을 보고 사람들이 초와 카드를 안 사줄리 없겠다고 생각했다.

그녀와 나는 저녁 무렵 먼저 내가 다니는 대학교 앞에서 만났다. 이른 저녁이었는데도 날은 금세 어두워졌다. 지하철역 앞에서 학교 정문까지는 수많은 음식점과 술집이 있었다. 나는 사람을 대하는 것에 약간의 공포증이 있었지만 그녀 앞에서 그런 내색을 할 순 없었다. 술집에 들어가 첫 개시를 하려는데 그녀가 서서 기도를 하자고 했다. 나는 창피했지만 그녀의 제안을 거절할 수 없었다. 그녀는 술집 입구에서 나를 마주하고 기도를 했다. 감사와 찬양을 그 분께 돌리고 담대함을 구했다. 그녀가 기도를 하니 나도 두려움이 좀 가시는 듯 했다. 술집 테이블은 연말답게 사람들로 가득 찼다. 사람들은 술을 마시며 자기들의 대화로 정신이 없었다. 카운터에 있던 주인이 꾸러미를 잔뜩 안고 있는 우리를 보고 제지했다. 방금도 다녀갔어요. 손님들이 싫어해요. 그녀는 생글거리며 주인 남자에게 다가갔다. 언제 준비했는지 초콜릿 한 개를 건네며 말했다. 잠깐이면 돼요. 수익금으로 보육원 아이들에게 선물을 주려고 해요. 주인은 어쩔 수 없다는 듯이 꼬리를 내렸다. 우리는 테이블마다 가서 초와 카드를 내밀었다. 내가 우리의 목적을 말하려고 하면 몇 마디 하지 않아도 사람들은 그녀의 모습을 보고 사주었다. 많이 팔라고 덕담까지 했다. 옆 테이블에서도 마치 전염된 듯 초와 카드를 사주었다.

　우리는 그날 팔 것만 가지고 나왔는데 몇 집 돌지 않아다 팔렸다. 하루나 이틀만 하면 다 팔 수 있을 것 같았다.

사람들은 키드보다는 색깔이 입혀진 장식초를 더 찾았다. 크리스천이 아니어도 크리스마스 기분을 내려고 하는 사람은 많은 것 같았다. 그녀 역시 이게 다 하나님의 은혜라는 말을 잊지 않았다. 나는 익숙한 멘트에 질리면서도 풋 하고 웃음이 나왔다. 나는 라면집에 들어가서 제일 비싼 너구리를 시켰다. 오동통한 면발이 그녀의 입으로 들어가는 것을 보기만 해도 기분이 좋았다. 나는 다음날도 그다음날도 그녀를 만났고 초와 카드는 잘 팔렸다. 내 생애에서 드물게 운이 좋은 날들이었다. 나는 카드와 초를 다 팔고 돌아오는 길에 내 돈으로 우동을, 그 다음날엔 돈가스를 샀다. 며칠 사이에 그녀와 나는 친밀해졌다. 어쩌면 내가 그녀를 좋아하는 만큼 그녀도 나를 좋아할지 모른다는 생각이 들었다.

초와 카드 판매 결산을 하기 위해 마지막으로 그녀의 집에 모였다. 나는 어머니에게 돈을 빌려 그녀에게 줄 선물을 샀다. 음악소리와 함께 하얀 눈이 내리는 오르골이었다. 나는 다른 청년들이 오기 전 그녀가 모르게 크리스마스트리 뒤편에 내 선물을 놓았다. 다른 팀들도 초와 카드를 다 팔았다. 이 모든 것이 하나님의 은혜라고 했다. 마구간에서 태어난 그분이 참 위대하다는 생각이 들었다. 전 세계 사람들의 마음을 움직이니까.

그녀의 제안으로 청년부실 트리 아래에도 성탄 전야까

지 각자가 준비한 선물을 갖다 놓기로 했다. 크리스마스이브에 새벽송을 돌기 전 그 선물을 개봉하자고 했다. 나는 또 운 좋게 그녀의 남자친구일지도 모를 Y가 크리스마스이브 전날 청년부실로 선물을 들고 가는 것을 보았다. 나는 그 선물꾸러미를 기억했다. 나는 크리스마스이브에 주일학교 성탄축하 발표회가 시작되기 전 청년부실에 들어갔다. 뒤섞인 십여 개의 선물 꾸러미 속에서 Y것을 찾아내 얼른 내 가방 속에 넣었다. 그날 밤, 청년부원들은 각자가 고른 선물 상자를 들고 기뻐했다. 선물 상자 속엔 선물을 준비한 사람 이름이 적혀있었다. 끝내 Y의 이름이 적힌 선물은 없었다. 기타 반주를 하며 캐럴 찬양을 리드하고 있던 Y의 얼굴이 묘하게 변했다. 그녀의 얼굴빛 역시 마찬가지였다. 그해 크리스마스가 지나고 그녀는 내게로 자연스럽게 다가왔다. 나는 완벽하게 크리스마스이브에 그녀를 훔쳤다고 생각했다. 나는 모든 것을 다 가진 것 같았다.

어머니는 내가 그녀와 사귄다고 했을 때 믿음의 여인을 만났으니 그 또한 하나님의 은혜라고 하면서 좋아했다. 그녀를 집에 데려오면 이슬만 먹고 살 것 같은 그녀에게 족발과 칼국수 같은 것을 힘들여 해줬다. 어머니가 그녀에게 특별히 힘들게 하는 것은 없는 것 같았지만 그녀는 점점 어머니를 멀리하고 싶어 하는 것처럼 보였다. 당연히 어머니와 그녀 엄마의 간극은 무척 클 것이었다. 그녀는 우리 집에

크리스마스를 훔치다

오는 것을 꺼려했다. 대신 나를 그녀의 집으로 데려갔다. 그녀의 엄마는 내가 집에서는 거의 먹을 수 없는 토마토스 파게티나 아무 양념도 하지 않은 고기를 구워줬다. 낯설었지만 세련되고 새롭고 독특한 맛에 끌렸다. 한편 그녀의 집에 갔다 온 날은 나는 뭔가 속이 헛헛해서 라면을 맵게 끓여먹었다. 그녀 엄마의 나에 대한 시선은 그녀를 사귀기 전과는 달랐다. 이미 나에 대해서 다 알고 있다는 듯 점점 말을 거는 횟수도 줄었고 얼굴은 무표정했다. 가끔 그녀 엄마가 Y에게는 어떻게 대했을지 궁금했다.

7시 40분 불꽃쇼

퍼레이드가 끝나자 사람들은 흩어졌다. 아니 다시 사람들의 물결이 한 방향으로 흐른다. 계절마다 테마가 바뀌는 정원이 크리스마스 시즌에 '스노우가든'으로 변했다. 눈사람은 물론 겨울옷을 입은 나비요정들, 반짝이는 전구로 장식된 트리와 판다, 기린 조형물들이 환상적인 분위기 속에서 빛나고 있다. 대형 스크린에는 겨울을 주제로 한 미디어 아트 영상이 수시로 상영된다. 잠시 후에는 레이저 조명, 특수효과, 영상과 음악이 어우러지는 불꽃쇼가 벌어질 것이다. 사람들은 사진을 찍으려고 트리와 판다, 요정들 앞에서 줄을 서서 기다리고 있다. 어느덧 불꽃쇼가 시작 된다는 신호 음악이 울린다. 산타클로스가 나와서 크리스마스 인사를 한다. 메리 크리스마스! 불꽃쇼가 시작되었다. 까만 밤을 밝히는 불꽃, 어찌 이리도 밝은 것일까. 불줄기가 어둠 속을 화르르 솟아오른다. 사라졌는가 싶으면 또 저쪽에서 다시 내뿜는다. 꽃을 피우듯 펑펑 터지는 불꽃. 박하 향을 삼킨 듯 가슴이 뻥 뚫린다. 녹담이 외친다. 꼭 화산이 폭발하는 것 같아. 나는 가슴이 뜨거워졌다.

20년 전 크리스마스이브에 아내와 나는 루미에르 빛 축제가 열리는 시청 광장에 있었다. 광장 한 가운데는 금색, 붉은색, 초록색 빛으로 빛나는 대형트리가 우뚝 서있었다. 아리비아 문양으로 빛나는 빛의 벽들이 트리를 둘러싸고 있었다. 곳곳에 화려한 빛의 옷을 입은 눈사람과 병정들이 놓여있었다. 몇 가지 캐럴이 반복해서 들려왔다. 아이들을 데리고 온 부모들은 빛 조형물 앞에서 활짝 웃으며 포즈를 취했다. 아내는 그들을 물끄러미 바라보며 웃었다. 우리는 결혼 10년차였지만 아이가 없었다. 어머니의 아내를 향한 노골적인 질책만 없다면 우리는 아이가 없는 것에 초연했던 시기였다. 아내는 그날 빛의 축제장에서 황홀해했다. 꼭 동화의 나라에 와 있는 거 같아. 그 기분에 우리는 호텔 근처 펍에서 맥주를 마시고 그날 집에 들어가지 않았다. 녹담이가 그 뒤로 꼭 10개월 후에 태어났으니 녹담이는 크리스마스베이비인 셈이다. 아내가 임신한 뒤로 어머니의 아내에 대한 태도는 싹 바뀌었다. 또한 그놈의 은혜 타령이 늘 었음은 말할 것도 없다. 나는 예수님의 탄생쯤에 태어났고 녹담이는 크리스마스이브에 뱃속에 잉태되었으니까 말이 다. 아내는 겨울이 되면 녹담이가 어렸을 때는 나와 함께, 녹담이가 좀 커서부터는 내가 없어도 녹담이와 함께 빛 축 제나 불꽃 축제에 빠지지 않고 다녔다. 마치 명절 같은 연 례행사를 치르는 것처럼. 특히 크리스마스이브의 빛 축제 는 마치 신에 대한 숭배와도 같았다. 내 직장 때문이었지만 아내는 영원랜드 가까운 곳에 이사 온 것도 무슨 계시처럼 여겼다.

내가 그녀와 사귀면서 만난 기간은 햇수로 치면 꽤 길었 다. 휴학을 하고 군대에 갔다 오고 복학해서 졸업을 하는 동안에도 그녀와 나는 사귀는 사람이었다. 그녀는 나보다 도 먼저 졸업을 해서 대기업의 비서실에 취업이 되었다. 내 가 슬쩍 교회를 멀리 할 때에 그녀는 여전히 생글거리는 얼 굴로 열심히 교회에 다녔다. 많은 사람의 사랑을 받으면서. 그렇지만 그녀와 나 사이에 타오르던 촛불은 서서히 꺼져 가고 있었다. 그 누구도 먼저 그 사그라지는 불꽃을 살리려 고 하지 않았다. 불이 완전히 꺼지면 서로는 자연스럽게 불 이 켜진 각자의 방으로 갈 것이었다. 실제로 그 불은 어느 순간 완전히 꺼졌다. 생각보다 간단했다. 어머니는 기어이 내가 마구간에서 태어난 것을 그녀에게 말했다. 너무나 자랑스럽게. 그날부터 그녀는 나를 피했다. 예수를 지극히 사랑한 그녀였지만 그와 태생이 비슷한 나를 용납할 수 없었나 보다. 예수의 권위에 도전한 불경한 인간으로 본 것일까, 아니면 나의 비천함이 끔찍했던 것일까.

　나는 꽤 이름 있는 대학에 다녔지만 미달 사태로 들어간 것이었고 졸업하기까지 어떤 허상에 붙잡혀 공부에 몰두할 수 없었다. 학점은 좋지 않았고 어학 실력을 키울 역량도 없었다. 졸업을 하고 공기업에 시험을 봤지만 다 떨어졌다. 그때마다 그녀는 저만큼 멀어졌다. 구두가 없어 정장에 운동화를 신고 면접을 보러 간 과자 회사에 취직이 되었다. 그곳에서 경리로 일하는 아내를 만났다. 아내는 처음부터 나를 매혹시키지 않았지만 편안했다. 멋진 프러포즈의 순간이 없었지만 어느 순간 아내와 나는 당연히 결혼할 사람으로 되어있었다. 어머니는 믿지 않는 여자와 결혼한다고 재앙이라도 닥친 것처럼 한숨을 쉬었지만 아내는 어머니와 함께 사는 것을 받아들이며 굳건했다. 어머니와 함께 하면서 녹담이가 생기기까지 십 년의 세월은 쉽지 않았으나 아내와 나는 흔들리지 않았다. 아내는 한 번 화려하게 타올랐다 사라지는 불꽃쇼가 아니었다. 심지를 돋우고 다시 불을 붙여 타오르게 하는 사람이었다.

　불꽃쇼가 완전히 끝났다. 여기저기서 연기가 피식 피식 소리를 내며 사그라진다. 불꽃쇼가 잘 보이는 곳에 있던 아내와 녹담이가 내 곁으로 다가왔다. 백 경기 씨, 이제 우리 돌아가서 오늘밤 보았던 불꽃처럼 새해에도 멋지게 살아 보자고요. 아내가 나와 녹담이 손을 잡고 말했다.

크리스마스를 훔치다

작가 소개 - 이찬옥 lchanok@naver.com

보이지 않는 것을 꿈꾸고 바라는 이상주의자이면서 지금, 여기를 사랑하고 가꿔나가는 현실주의자이다. 영화<바람과 함께 사라지다>의 주인공 스칼렛 오하라를 좋아한다.

작가 노트 - 크리스마스를 훔치다

동네에 작은 호수 공원이 있다. 주로 밤에 그곳을 산책한다. 봄에는 등불처럼 환한 밤 벚꽃이 좋고 여름엔 호수에서 펼쳐지는 분수 쇼를 바라보면 시원하다. 12월이 되면 광장에 대형 트리가 세워지고 나무들엔 꼬마전구가 달려 밤의 호수가 은성하다. 문득 저무는 한 해와 다가오는 크리스마스를 의식하며 나도 모르게 처연해진다. 고요하고 환한 밤의 호수를 오랫동안 걸었다. 오래전 크리스마스의 기억들을 불러오면서.

음악에 맞춰 분수 쇼가 펼쳐지는 열대야의 호수공원에서 나는 크리스마스트리가 반짝이는 12월의 호숫가를 떠올렸다. 춥고 외로웠지만 뒤돌아보니 따뜻하고 다정했던 이름들을 불렀다.

남자는 자신이 마구간에서 태어난 목수의 아들이라고 했다. 여자는 남자를 위해 천사가 그려진 카드와 함께 밤새워 짠 목도리를 선물했다.

너무나 아득해서 이제 실제인지 아닌지도 헷갈리는 추억을 불러 모아 한 편의 소설을 썼다.

이 소설을 읽는 독자들도 자신의 크리스마스 추억으로 눈 반짝이고 마음이 따뜻해지길 소망한다.

크리스마스를 훔치다

굿바이, 가을의 크리스마스

박초이

굿바이, 가을의 크리스마스

　가을이 루돌프 뿔 모양의 머리띠와 빨간 망토를 내게 건네며 말했다.

　"이건 네 거야. 오늘 파티를 즐기자."

　머리띠도 망토도, 파티도 질색이었지만 나는 거절할 수가 없었다. 발그레한 얼굴로 한껏 기대에 들떠 있는 가을의 얼굴. 그래, 크리스마스니까.

　"고마워, 준비하느라 힘들었겠다."

　"우리는 친구잖아. 네가 며칠 전 이별했다는 데 그냥 있을 수가 있어야지. 더구나 오늘은 크리스마스이브잖아. 게스트하우스 파티는 너를 위한 내 선물."

　나를 위한 선물이 아니라 너를 위한 파티겠지. 가을은 이미 두 달 전, 파티 분위기가 좋다고 소문난 이곳의 게스트하우스를 예약했다.

그 후로 친구들을 만날 때마다 같이 가자고 졸랐다. 다들 비슷한 이유로 거절했다. 가족이나 남자 친구, 혹은 모임 사람들과 이미 선약이 있다고들 했다. 마치 혼자 있으면 안 된다는 듯, 아니 혼자가 아니라는 듯, 크리스마스는 고독이 아니라 축제라는 듯. 사람들의 대답을 듣고 있다 보면 마치 가을은 그 누구와도 친구가 아닌 것처럼 느껴졌다. 그럼에도 가을은 아랑곳하지 않았다. 무수히 거절당하면서도 사람들과 헤어질 때면 유쾌하게 말했다.

"언제든 가고 싶으면 연락해. 내일 일은 알 수 없으니까."

누군가 대답했다.

"혼자서 가."

"싫어, 어떻게 혼자서 솔로 파티에 가."

"솔로파티니까."

"다들 솔로인 친구랑 올 거야. 혼자가면 찐따 같잖아."

그 후로도 가을은 누가 초대하지 않아도 친구들과의 만남 자리에 어김없이 얼굴을 드러냈다. 어떻게 알고 왔냐, 는 질문에 인스타에서, 혹은 그냥 알게 됐어, 라고 답했다. 친구들은 가을을 그리 좋아하지 않았다. 자신에 대한 친구들의 생각을 모르는 건지, 모르는 척하는 건지 알 수 없었다. 누구는 눈치가 없다고 했고, 누구는 오로지 자신만의 생각이 중요하기 때문이라고 했고, 누구는 혼자 있는 것을 못 견뎌 하기 때문이라고 했고, 누구는 지나치게 자신감이 넘치기 때문이라고 했다.

내게 가을은 고등학교 동창 그 이상도 이하도 아니었다. 만나면 서로의 안부를 묻고, 헤어지면 잊어버리는 사이. 가끔 인스타에서 하트를 날리고 댓글을 달아주는 사이. 그 정도였다.

가을이 내 삶에 개입하기 시작한 것은 상운과 사귀기 시작한 지 백일쯤 됐을 때였다. 그날도 난 상운의 인스타를 보고 있었다. 상운은 친구들과 치맥을 먹고 있는 중이었다. "나도 치킨 먹고 싶어." 댓글을 달았다. 그것은 치킨이 먹고 싶었다기보다는 나도 그 자리에 있고 싶다는 메시지일 뿐이었다.

그런데 삼십 분 후 치킨이 배달 됐다. 나는 상운이 보내준 것일 줄 알았다. 그런데 가을이었다. 나는 다이어트 중이었고, 치킨 따위는 냄새도 맡고 싶지 않았다. 더구나 밤 10시가 넘은 시각이었다. 그것은 불현듯, 혹은 문득, 형식적으로 표현한 내 마음처럼 불현듯, 혹은 문득 사라질 마음이었다. 치킨을 본 순간 버려야 할 마음을 실물로 마주한 느낌이었다. 고마운 감정이 들기보다는 버리고 싶었던 추한 마음을 들켜버린 것 같았다. 그러니까 가을은 잘못 배달된 치킨 같은 친구였다. 며칠 전도 마찬가지였다.

집에서 혼자 넷플릭스로 영화를 보고 있는데 가을에게

굿바이, 가을의 크리스마스

서 연락이 왔다.

"솔로가 된 걸 축하해."

"솔로라니."

"상운이 인스타에서 봤지. 여자 친구에게 크리스마스 선물로 주려고 산 노트북인데 헤어져서 필요 없어졌대. 노트북 주인을 구한다는데."

홧김에 상운에게 헤어져, 라고 말했지만 사실 나는 헤어질 마음이 없었다. 그건 말 그대로 홧김에 한 말일 뿐이었다. 상운에게는 좋지 않은 습관이 있었다. 고교 동창들과 만날 때면 늘 연락 두절이었다. 이유를 물으면 잠자고 있었거나, 핸드폰을 두고 나왔거나, 진동 상태라 듣지 못했다고 대답했다. 하지만 그 시간 그는 클럽에서 헌팅하고 있었거나, 친구들과 술을 마시고 있었거나, 밤바다에서 고성을 지르고 있었다.

"어떻게 그럴 수 있어?"

내가 따지면 상운은 값비싼 선물을 내밀었다. 그가 미우면서도 무슨 선물일까, 궁금해서 그의 사과를 받아주었다. 어느새 나는 그의 행동에 적응이 됐던 것인지도 모르겠다. 아니 오히려 그가 연락을 끊으면 어떤 선물을 사서 올까, 내심 기대하기도 했다. 이번에도 그러려니 넘겼던 것 같다.

알 수 없는 감정이 몰려왔다. 예상하지 못한 어떤 일을 마주했을 때의 당혹감, 배신감, 혹은 실망감. 아니, 그것보다도 훨씬 아팠다. 갑자기 몸이 떨렸고, 어딘가에서 악취가 몰려왔다. 마치 누군가 아주 깊은 곳에서 내 발목을 잡고 끌어당기는 것만 같았다. 깊고 어두운 맨홀 바닥에 나는 홀로 버려진 것만 같았다. 그 순간 나는 맨홀 뚜껑을 열고 나를 꺼내줄 누군가를 간절하게 기다렸다. 가을이 속살거렸다.

"나랑 여행 가자. 크리스마스 파티에 가는 거지. 그곳에서 상운보다 나은 남자친구 만들자. 응?"

그 말은 맨홀 뚜껑을 열어준 것처럼 환했다.

지금 나는 여수 앞바다가 보이는 게스트하우스 5층에서 짐을 푸는 중이었다. 이 집의 유일한 2인실이었다. 가을은 한껏 들떠 있었지만 나는 기대감이나 흥분 없이 그저 가을이 시키는대로 하고 있었다. 아니, 생각이란 것을 하고 싶지 않았다. 조금의 틈이 생기면 상운이 머릿속으로 흘러들어왔고, 시도 때도 없이 눈물이 주르륵 흘렀다.

가을은 붉은색 원피스에 붉은색 망토, 사슴뿔 머리띠를 하고 나를 쳐다보았다.

"나, 어때?"

"귀여워."

나는 캐리어를 뒤졌다. 캐리어 안에는 갈아입을 옷 한 벌과 잠옷, 흰색 드레스가 들어 있었다. 흰 드레스는 실크 원단에 브이 네크라인, 셔링 소매로 웨딩드레스를 떠올리게 했다. 내가 가진 것 중 가장 예쁘고 비싼, 상운이 지난 크리스마스 때 선물로 사 준 옷이었다. 왜 이 옷을 가지고 왔을

굿바이, 가을의 크리스마스

까. 내 마음을 나도 알 수 없었다. 가을이 흰 드레스를 들고 거울 앞에 섰다.

"이 옷 나 빌려주라."

"안 돼, 내가 입을 거야."

나는 옷을 낚아챘다. 어찌나 빨리 움직였던지 가을이 놀라서 뒷걸음질을 쳤다. 나는 상운이 준 원피스를 입고, 가을이 준 붉은색 망토와 사슴뿔 머리띠를 하고 거울 앞에 섰다. 뭔가 부조화하면서도 나름 독특했다. 어떤 안간힘 같은 것도 느껴졌다. 마치 하얀 눈이 가득한 벌판에서 제발 나를 봐달라고, 내가 여기 있다고 울부짖는 것 같기도 했다. 가을이 말했다.

"오늘 파티에서 엄청 시선을 끌겠다. 너는 이목구비가 또렷하고 선이 예뻐서 뭘 입어도 예쁘네. 가자. 파티룸으로."

파티룸 앞에는 거대한 크리스마스트리가 서 있었고, 문 입구에는 "웰컴 투 솔로파티"라는 현수막이 걸려 있었다. 나는 실망스러웠다. 어째서 파티 분위기가 좋다고 소문난 건지 알 수 없었다. 크리스마스트리는 창고에 오랫동안 방치된 것을 그대로 갖다 놓은 듯 트리를 장식한 사람의 정성이 느껴지지 않았다. 업무를 하듯 전구를 매달고 리스를 장식했을 직원들의 손길이 느껴졌다. 반짝이는 불투명 전구조차 먼지 쌓인 오래된 전구 같았다. 불안감이 엄습했다.

어쩐지 형식적인 파티에서 형식적인 대화를 이어가다 실망만 한 채 돌아갈 것 같았다.

입구에 앉아 있던 직원이 156번, 157번이 적힌 목걸이 명찰을 건네주었다.

"앞쪽 번호 아래에는 MBTI를 적어 주시고 명찰 뒤쪽에 이름과 연락처를 적어 주세요. 나중에 맘에 드는 사람에게만 보여주시면 됩니다."

가을은 156번, 나는 157번, 가을은 ESFJ였고 나는 ISTP였다. 우리는 안으로 입장했다. 테이블마다 번호가 적혀 있었는데 번호는 200번까지 적혀 있었다. 가을과 나는 156번, 157번 자리에 가서 앉았다. 앞을 봐도, 옆을 봐도, 뒤를 봐도, 남자들뿐이었다. 여자들은 사십여 명 남짓이었다. 드레스코드가 크리스마스여서 그런지 대부분의 여자는 망토나 머리띠를 하고 있었다. 남자들은 산타클로스 모자나 목도리를 하고 있었다. 가을이 가방 안에서 선글라스를 꺼냈다. 빨간 테의 선글라스 위에는 크리스마스트리가 붙어 있었다. 가을이 말했다.

"다른 사람들과 차별되고 싶어."

그제야 나는 내 복장이 다른 사람들과 몹시 다르다는 사실을 알게 되었다. 이게 아닌데, 눈에 띄지 않고 싶었는데, 뭔가가 조금씩 어긋나고 있었다. 가을이 주위를 둘러보며 말했다.

굿바이, 가을의 크리스마스

"여기 분위기 좋은데. 한번 둘러봐. 네 맘에 드는 남자가 있을 거야."

나는 주위를 살폈다. 정중앙에 무대가 있었고, 프로젝터에서는 루돌프 사슴과 썰매를 끄는 산타클로스 영상이 지나갔다. 영상 속에서 캐럴이 울려 퍼졌다. 늘 보던 익숙한 영상인데도 새롭게 느껴졌다. 아마도 분위기 때문일 것이다. 백화점이나 놀이공원과는 다른, 약간은 촌스러우면서도 억지로 크리스마스를 흉내 낸 것 같은 느낌. 크리스마스 파티를 위해 준비 땅, 출발 신호를 보내고 있는 것 같은 느낌. 내가 말했다.

"뭔가 조악해."

"조악함도 사랑스럽지 않아? 기대를 품게 하잖아."

"글쎄."

"얼굴 펴. 크리스마스잖아."

나는 점점 더 불안해졌다. 사람들을 보면 볼수록 뭔가 잘못된 것 같았다. 달리기가 하기 싫은데 억지로 출발선 앞에 끌려 나와 있는 것 같았다. 200번까지 자리가 채워지자 나는 질식할 것만 같았다. 사람들의 호흡과 말소리, 입김이 공간 속을 떠돌았다. 야릇한 향취들이 코끝을 자극했다. 그들은 모두 한 덩어리가 되어 마치 크리스마스 장식물처럼 공간 속에 머물러 있었다. 빨간 모자들이 지나갈 때마다, 산타 안경을 쓰고 콧수염을 붙인 남자들이 지나갈 때마다 나는 흠칫 놀랐다. 고개를 돌렸다.

한쪽 끝에 늘어서 있는 업소용 냉장고가 보였다. 냉장고 안에는 소주와 맥주가 빼곡하게 들어 차 있었다. 다 합치면 500병은 넘을 듯싶었다. 누군가의 목소리가 들렸다.

"저 안에 있는 술, 오늘 하루치야."

하룻밤에 저 많은 술을 해치운다고. 믿기지 않았지만 200여 명이 한 병씩만 마셔도 200병이니까 다 없어질 수도 있을 것 같았다. 술들의 벽, 푸르고 노란 액체들의 향연은 상운의 웃음을 연상시켰다. 상운이 있었다면 이곳을 좋아했을까. 상운은 발그레한 얼굴로 술 마실 때가 가장 행복하다고 말했다. 일주일 동안 술을 마시지 않은 적이 있었는데 너무 불행했다고 슬픈 얼굴로 말했다. 행복을 술과 연관시키는 그가 단순해서 좋았다.

사귀는 초반에는 어디든 상운을 따라다녔다. 그의 친구들을 소개받고, 그들과 술자리를 함께 했다. 나는 그와 함께하고 싶었을 뿐인데, 그래서 그가 가는 곳은 어디든 따라다녔는데, 나는 점점 우울해졌다. 억지로 웃었고 술을 마셨으며 하고 싶지 않은 말들을 했다. 그러다 한 번씩 쌓여 있던 말들을 쏟아냈다. 그는 술 마시는 횟수를 줄이겠다고 약속했다. 나는 그의 모임에 더 이상 따라가지 않겠다고 선언했다. 선언하고 나니 술을 마시고 싶어도, 그와 함께하고 싶어도 더 이상 할 수가 없었다. 선언이란 것이 기분에 따라

변할 수도 있다는 것을 나는 인정하기 싫었다. 인정하기 싫어서 그를 몰아세웠다. "너는 나랑 있는 것보다 친구들이 더 좋은 거야?" 그는 지쳤는지 거짓말을 하기 시작했다.

갑자기 캐럴이 뚝 끊기더니 무대 위로 사회자가 올라왔다. 사회자가 말했다.

"우리 다 같이 건배합시다. 제가 '크리스마스' 외치면 '솔로 만세' 외쳐주세요."

다 같이 잔을 들고 '크리스마스', '솔로 만세'를 외쳤다. 그리고 친목을 위한 각종 게임들이 이어졌다. 맥주 빨리 마시기 대회, 댄스 대결. 대결에서 이기는 팀에게는 서비스 안주와 술이 배달되었고, 사람들은 큰 소리로 환호했다. 모두 진심으로 기쁜 표정이었다. 그들의 표정에 동화돼 나도 모르게 탄성을 내질렀고, 박수를 치기도 했다. 200명 중 한 명이라는 사실은 조금씩 내게 용기를 주었다. 다른 사람들의 행위를 훔쳐보고 나와 다름을 인정하고, 박수를 쳐주면서 이런 분위기도 나름 괜찮은 걸 생각했다. 그것은 나를 제외해도 되는 것이었으니까.

문제는 게임이 끝난 후였다. 사회자가 말했다.

"여러분들 앞에 쪽지가 있습니다. 그 쪽지에 궁금하다, 이 사람에 대해 알고 싶다, 하는 분의 번호를 적고 질문을 넣어 주세요. 질문을 받은 사람은 그것이 무엇이든 답을 해야 합니다. 답을 하지 않으면 벌주로 소주 한잔을 마셔야

합니다."

나는 궁금한 사람이 없었기 때문에 쪽지에 넣을 내용이 없었다. 가을은 내 뒤쪽을 향해 고개짓 했다. 그쪽에는 친구들인 듯 보이는 여섯 명의 남자가 있었는데 그 중 한 명이 눈길을 끌었다. 대부분의 남자가 빨간 머플러나 초록색 티셔츠, 산타모자로 한껏 꾸몄는데 그 남자는 스웨터부터 바지, 신발까지 온통 흰색이었다. 그는 거만한 표정으로, 낯선 곳에서 방황하는 여행자 같은 눈빛으로 실내를 둘러보고 있었다. 그 표정, 눈빛을 보자 이상하게도 가슴이 두근거렸다. 그와 눈이 마주쳤다. 그의 눈이 내 눈에서 멈추더니 곧 내 입술, 빨간 망토를 거쳐 신발 쪽으로 내려갔다. 나도 모르게 눈을 내리깔았다. 그의 옷소매 아래로 반짝이는 시계가 보였다. 상운의 아쿠아레이서가 생각났다. 상운은 명품 시계만도 다섯 개가 넘었다.

가슴이 철렁했다. 흰 스웨터에게 느꼈던 감정은 어쩌면 상운에게서 느꼈던 것과 같은 감정인지도 몰랐다. 가을의 목소리가 들렸다.

"흠, 저 흰 스웨터 괜찮은걸. 여기에 있는 남자들과는 다른 뭔가가 느껴져. 옷 입은 것을 보니 너랑 커플 하면 되겠다."

사회자의 말소리가 들렸다.

"157번 앞으로 온 쪽지입니다. 나이는요?"

가을이 나를 쿡 찔렀다.

"대답해야지."

"뭘?"

"나이를 묻잖아."

나는 대답하기 싫었다. 불특정 다수에게 나에 대한 이야기를 하는 것이 불편했다. 가을이 말했다.

"고작 나이잖아. 뭐해? 빨리 말해."

내가 머뭇거리자 야유 소리가 들렸다. 벌주, 벌주, 외치는 소리도 들렸다. 나는 조용히 술잔을 들이켰다. 그 후로도 질문들이 쏟아졌다.

"157번 질문입니다. 직업은요?"

내가 벌주를 마시려 하자 가을이 말했다.

"친구가 낯가림이 심해서요. 대신 이야기해도 될까요?"

사람들은 내 MBTI를 보더니 이해한다는 듯 고개를 끄덕거렸다. 곳곳에서 네, 라는 대답이 들렸다. 사회자가 오케이 사인을 보냈다.

"스튜어디스예요."

어, 나는 가을을 쳐다보았다. 가을이 눈을 찡긋거렸다. 스튜어디스는 가을의 꿈이었다. 그녀는 항공사 시험에 몇 번 낙방한 후 지금은 여행사에서 일하고 있었다.

"157번 질문입니다. 이성을 만날 때 어떤 점을 보십니까?"

가을이 손을 들었다.

"제가 대신 이야기해 줄게요. 여자 친구에게 선물을 잘

사주는 남자를 좋아합니다."

"그건 아니잖아."

내 말에 가을이 대답했다.

"맞아, 너는 항상 그런 남자를 만났었어."

"그건 너무 속물 같잖아."

"너 속물 맞아. 나도 그렇고. 이상하게 남자 보는 취향이 나랑 비슷하더라. 너."

활달하고 리더십 있는 남자에게 끌리기는 했지만 항상 그랬던 것은 아니었다. 불쾌했다.

"네가 나에 대해서 뭘 안다고 그래?"

"아이, 왜 그래? 농담 같은 거야. 여기 있는 사람들 아무도 내 얘기에 귀 기울이지 않아. 내일이면 다 잊어버릴걸."

"직업은 그게 또 뭐야? 나는……."

"난 또. 그래서 얼굴 구기고 있는 거야. 다 너 생각해서 그렇게 말한 거야. 생각해봐. 여기 있는 사람들 오늘 처음 만난 사람들이잖아. 솔직하게 이야기하는 것보다 그럴싸하게 이야기하는 게 좋잖아. 안 그래? 그럼 네가 솔직하게 말하지 그랬어?"

어쩐지 가을이 나를 비웃는 것만 같았다. 요즘 나는 중등교사 임용고시에 두 번 떨어진 후 오마카세에서 아르바이트를 하고 있었다. 용돈이라도 벌려고 시작했지만 공부도, 아르바이트도, 연애도 제대로 되는 게 없었다.

곧 가을에게도 질문이 쏟아졌다. 가을은 자신이 초등학교 선생님이며, 친구가 얼마 전에 남자 친구와 헤어져서 위로 겸 파티에 참여하게 됐다고 말했다. 사람들의 시선이 일제히 내게로 쏟아졌다. 나는 어떻게 해야 할지 몰라 불안했다. 가을이 원망스러웠다. 왜, 이런 곳에 데려왔을까. 나는 가을에게 눈을 흘겼다. 가을은 어깨를 으쓱했다. 몇 번의 질문과 답변들이 오고간 후 사회자가 말했다.

"1부 순서가 끝났습니다. 지금부터는 마음에 드는 사람 옆으로 이동해서 자유롭게 대화를 나누시길 바랍니다."

사회자의 말이 끝나자마자 대이동이 시작됐다.

곧 가을과 내 옆으로 흰색 스웨터와 그의 친구들이 모여들었다. 가을은 흰색 스웨터에게 몇 가지 질문을 하더니 곧 그의 옆에 앉은 검은 테 안경 쪽으로 몸을 돌렸다. 검은 테는 작은 키에 체격이 다부졌고, 강인해 보였다. 가을도 키가 작고 체형이 굵은 편이어서 두 사람은 오누이 같은 느낌을 주었다. 흰 스웨터가 점원을 불렀다.

"먼치스로 먹을 만한 것 있을까요?"

먼치스를 발음하는 그는 마치 외국 사람 같았다. 강세가 완벽한 발음. 상운이 생각났다. 메뉴판을 살필 때의 자신감 넘치는 태도, 원어민에 가까운 발음, 가장 맛있는 메뉴를 고르는 안목.

나는 그가 외국 생활을 오랫동안 한 줄 알았다. 나중에 알게 된 사실이지만 그가 아니라 그의 부모가 외국에서 오래 살았다. 그의 부모는 뉴욕에서 건축학을 전공했고, 한국으로 돌아와 강남에서 건축사무소를 차렸다. 지금은 강남에 자신들의 건물을 가지고 있을 정도로 성공했다. 건축이 싫다고 읊조리던 상운도 결국 건축학과를 나와 지금은 부모가 운영하는 회사에서 기사로 일하고 있었다. 부모의 경제력에 대해 당당하게 이야기하고, 자신의 가진 부를 부끄러워하지 않고 과시하는 상운이 나는 싫지 않았다. 아니 가끔 아르바이트로 인해 몸이 한없이 노곤해질 때나, 손님들과 실랑이를 할 때면 상운과의 결혼을 꿈꾸기도 했다. 물론 지금은 내가 좋아한 것이 상운인지, 혹은 그의 배경인지 헷갈렸다. 흰 스웨터에게서도 외국 생활을 한 흔적이 느껴졌다. 조심스럽게 질문했다.

"혹시 외국에서 살다 오셨어요?"

"아, 딱 일 년요. 호주에서."

"어쩐지, 발음이."

"후지지요? 일 년 산 것치고는."

그가 웃었다. 그 웃음을 보니 자꾸만 상운이 생각났다. 상운은 지금 뭐 하고 있을까. 어쩌면 다른 여자를 소개받았을지도 모른다. 그의 친구들은 끊임없이 그에게 여자를 소개시켜 주었다. 어떤 장소에서든, 어떤 상황에서든, 소개해 줄 여자가 있다는 사실에 나는 놀랐다. 그들의 인맥과 그들의 노력과 그들의 수고로움을 보면서, 어쩌면 상운이 나 말고 다른 여자를 만날지도 모른다고 생각했다. 하지만 그의 마음은 굳건했다. 아르바이트가 끝날 무렵이면 종종 가게 앞에서 나를 기다렸다. 바다가 보고 싶어, 말하면 경포대로 데려갔고 조개가 먹고 싶어, 하면 대부도로 데려갔다. "너뿐이야, 믿어줘.", "애들이 너랑 사귀는 줄 알면서 괜히 장난치는 거야."라고 말하는 그의 표정은 진실해 보였다. 나는 그 표정을 믿었다.

옆을 흘깃 보았다. 가을은 검은 테 어깨에 살며시 기대기도 했고 입에 안주를 넣어 주기도 했다. 어깨에 걸친 빨간색 망토의 끈은 풀려 있었고, 그 속에 입은 붉은색 원피스가 보였다. 가을이 몸을 움직일 때마다 깊게 파인 원피스 아래로 속옷이 슬며시 보였다. 마치 내 속옷이 보인 것처럼 얼굴이 화끈거렸다.

가을은 내게 치킨을 보낸 이후 유독 살갑게 굴었다. 상운과의 모임에 데려가 달라고 은근히 압력을 가했다. 만날 때마다, 전화할 때마다 마치 빚쟁이처럼 구는 가을에게 나는 그만 두 손을 들고 말았다. 상운과의 술자리에 그녀를 데리고 갔다. 그녀는 상운의 친구 중 한 명을 골라 적극적으로 질문하고 콧소리를 섞어 오빠라 불렀다. 그녀가 계단 아래서 그 남자와 입맞춤하는 것을 보기도 했다. 나도 모르게 몸을 피했다.

왜 몸을 피했을까. 가을의 행동이 자의식 없이 느껴져서일까. 아니면 가볍게 느껴져서일까. 그것도 아니면 가을이 절제하기를 바랐던 것일까. 차라리 내 눈에 뜨이지 않았더라면, 아무도 모르는 곳에서 입맞춤을 했더라면, 괜찮았을 것이다. 가을은 내 친구였으며, 그는 상운의 친구였다. 무엇보다 나는 그들의 행동에 대해 관여하고 싶지 않았다. 하지만 그럴 수 없었다. 그 후로 종종 상운의 친구들은 가을의 가벼움에 대해 안줏거리로 삼았으니까. 나는 그게 싫었다. 내 친구들은 상운의 친구에 대해, 그의 행동에 대해 안줏거리로 삼지 않았으니까. 가을의 귀에 대고 속삭였다.

"옷 좀 여며. 브래지어 끈이 보이잖아."

가을이 나를 뻔히 쳐다보았다.

"지금이 조선 시대니?"

"그래도….."

가을이 정색을 했다.

"이건 내가 원하는 남자를 얻기 위한 기술일 뿐이야. 암컷을 차지하기 위해 춤을 추는 극락조의 행위와 같은 거지. 왜 남자가 여자의 환심을 사기 위해 하는 행동은 뭐라 하지 않으면서 내 행동은 헐뜯는 거야? 난 지금 최선을 다해 춤을 추는 중이거든."

"위험하니까."

"괜찮아. 내게 크리스마스는 일 년에 단 한 번 모든 욕구

로부터 자유로워지는 날이거든."

"그래도. 상대에 대해 우리는 알 수 없잖아. 어떤 미친놈과 엮일 수도 있는 거고. 또… 아무튼 걱정돼."

"그게 걱정되면 이런 곳에 오지 말았어야지. 걱정 마. 내게 그만한 안목은 있어. 그리고 연락처도, 이름도 다 가짜로 적었어. 정말 믿을 만한 사람에게만 연락처를 보여 줄 거야. 됐지?"

나는 말문이 막혔다. 가을이 말했다.

"네 옆에 있는 흰 스웨터, 네게 관심 있는 것 같더라. 잡아. 상운이 대용품으로 적당한 것 같은데."

나는 왠지 모를 부끄러움을 느꼈다. 가을의 당당함에 당황해서인지, 상운의 대용품으로 흰 스웨터를 잡으라는 말에 반발심을 느껴서인지, 잘 모르겠다. 가을이 속살거렸다.

"내가 왜 이리로 온 줄 알아. 사실 이곳 파티분위기는 그저 그래. 매칭률이 아주 높거든."

나는 가을을 쳐다보았다.

"왜 거짓말했어?"

"혼자 오기 싫어서."

가을이 자리에서 벌떡 일어나더니 춤을 추기 시작했다. 망토를 벗어 던지고, 슬며시 엉덩이를 흔들면서 검은 테를 향해 손짓했다. 눈빛은 흰 스웨터를 향해 있었다. 가을을 시작으로 남녀들이 앞으로 나가 몸을 흔들기 시작했다. 붉고 노란 조명이 무대 위를 떠돌았다. 그들은 서로를 탐색하며 몸을 밀착했다.

그 순간 갑자기 실내의 모든 소란과 모든 음악, 말소리가 내 귓가로 몰려들었다. 크리스마스 장식품처럼 느껴졌던 사람들이 욕망 덩어리로 보였다. 유혹하고 유혹당하고, 오로지 짝을 짓기 위해 경쟁하는 동물로만 보였다. 왜, 나는 이곳에 왔을까. 상운을 잊기 위해, 상운의 대용품을 찾기 위해. 모르겠다. 그것은 가을의 말일 뿐이다. 나는, 그저 혼자 있기 싫었을 뿐이다.

나는 밖으로 나갔다. 찬 바람을 쐬니 정신이 명료해졌다. 나는 모래사장에 쭈그리고 앉아 맞은편 호텔을 올려다보았다. 호텔 밀크디퍼. 마치 돛단배처럼 물 위에 떠 있는 호텔. 빛으로 감싸인 호텔의 모습이 물에 반사돼 마치 물속에 잠긴 섬 같기도 했다. 뒤편에 있는 오 층짜리 낡은 게스트하우스와는 달랐다. 존재만으로 빛이 났다. 가을의 행동, 크리스마스니까 당연하다고 생각하는 어떤 행위들, 최선을 다해 춤을 추는 가을이 왜 나는 여전히 못마땅한 걸까. 상운과 헤어지지 않았더라면 쓸데없이 이런 곳에 앉아 감정 소비를 하고 있지 않았을 것이다. 솔로 파티에도 오지 않았을 것이다. 어쩌면 호텔 스위트룸에서 와인을 마시며 밤바다를 내려다보고 있었을지도 몰랐다.

작년 크리스마스에는 상운과 일본에 갔다. 문화재로 등

록된 료칸에서 풀코스로 음식을 먹었고, 온천을 했으며 맛집을 찾아다녔다. 충만함으로 가슴이 벅차올랐다. 이제 더는 충만함을 느끼지 못한다고 생각하자 가슴이 저렸다.

"스튜어디스라 했지요?"

누군가 옆에 앉았다. 흰색 스웨터였다.

"노선은 국내선? 국제선? 여행을 많이 했겠군요."

나는 남자를 뻔히 쳐다보았다. 여유 있어 보이는 차림새에 말투, 가을의 말마따나 어쩌면 그는 상운의 대용품이 될지도 모른다. 하지만 남자의 질문에 어떻게 답변해야 할지, 그럴싸한 거짓말이 생각나지 않았다.

"저는 스튜어디스가 아니라 초등학교 병설 유치원 교사예요."

아, 엉겁결에 언니의 직업을 말하고 말았다. 남자가 슬며시 내 어깨에 팔을 둘렀다.

"춥지요? 정말 다행이에요. 저는 아이들을 좋아하거든요……."

남자의 팔을 풀려고 했지만 남자는 내 어깨를 더욱 세게 잡았다. 나는 그를 올려다보았다. 그의 눈빛은 관망하듯 보는 여행자의 눈빛이 아니었다. 탐색하듯 훑는 동물의 눈빛이었다. 그의 팔목에 슬며시 보이는 시계는 아쿠아레이서가 아니었다. 그는 가을과 같은 부류, 거짓으로 자신을 포장한 사람일 뿐이었다.

어느새 남자의 손이 내 허벅지 근처를 훑고 있었다. 그의 손이 막 치마를 들추려는 순간, 나는 그의 손을 뿌리치고 자리에서 일어섰다. 게스트하우스 쪽으로 뛰었다. 그는 절대로 상운의 대용품이 될 수 없었다. 상운이라면 이런 곳에 오지 않았을 테니까. 상운이라면 처음 보는 여자의 어깨에 팔을 두르지 않았을 테니까. 남자가 쫓아와서 내 팔을 잡았다. 그가 말했다.

"왜 이래? 파트너를 찾으려고 여기 온 거 아니야? 이대로 가면 옷이 아깝잖아. 신랑을 기다리는 신부 같은 복장을 하고서 말이야."

나는 주위를 둘러보았다. 몇몇 커플이 바닷가를 산책하고 있었으며, 몇 사람이 게스트하우스 문을 열고 나오는 중이었다. 나는 그들을 향해 소리쳤다.

"지금 몇시예요?"

그들이 내게로 걸어왔다. 남자가 내 팔을 잡고 있던 손을 풀었다. 나는 게스트하우스로 달려가 문을 열었다. 오 층을 향해 뛰어 올라갔다. 뒤따라온 남자가 큰소리로 외쳤다.

"메리 크리스마스."

나는 방으로 들어가 문을 잠갔다. 메리 크리스마스, 란 말이 공포스러웠다. 마치 잘못을 저질러놓고 말속에 숨어 자신의 잘못을 은폐하려는 것 같았다. 나는 가만히 문 앞에 귀를 갖다 댔다. 아무 소리도 들리지 않았다. 그랬음에도 나는 남자가 방문 앞에서 나를 기다리고 있을 것만 같았다.

창밖을 내다보았다. 호텔 밀크디퍼. 입구에 설치된 루미나이트에서 별빛이 흘러내렸다. 곧 은하수 무리가 흘러내렸고, 사슴들이 흘러내렸다. 그리고 선물 상자가 튀어나왔다. 그 안에 무엇이 들어 있을지 궁금했다. 밀크디퍼에 가면 억지로 만들어진 크리스마스가 아니라 누군가 정성스럽게 준비한 크리스마스를 만날 수 있을 것만 같았다.

나는 호텔 앱으로 들어가 밀크디퍼를 검색했다. 499,000원짜리 스위트룸이 크리스마스 한정 특가로 99,000원에 판매한다는 안내가 떴다. 선착순인데 남은 방이 한 개였다. 나를 위해 준비된 것 같은 단 하나의 방. 나를 위한 뒤늦은 행복. 나는 행복을 구매했다. 행복에는 크리스마스 선물인 와인과 향초가 포함되어 있었다.

호텔 로비는 빛으로 만든 트리들이 양쪽으로 늘어서 있었다. 트리로 만들어진 버진로드였다. 새하얀 드레스를 입은 신부를 맞이하는 길. 마치 나를 위해 준비된 길 같았다. 나는 애니메이션의 주인공이 된 것처럼 사뿐사뿐 걸었다. 바닥에는 은박지로 쌓인 선물 상자들이 놓여 있었다. 상자들도 온통 빛으로 둘러싸여 있었다. 그 길을 따라가니 아주 커다란 오 층짜리 집이 나왔다. 집은 위로 올라갈수록 좁아졌는데 층마다 창문마다 색상과 장식이 달랐다. 손바닥 크기의 작은 창문을 열어 보았다. 미니어처로 만든 가족들이 식탁에 둘러앉아 환한 웃음을 지으며 케이크를 자르고 있었다. 곧 가족들이 신기루처럼 사라졌다. 그 옆집도 마찬가지였다. 사람들의 환한 웃음이, 가족들이, 케이크가 곧바로 나타났다 사라졌다. 마치 모래아트를 보는 듯했다.

천정을 올려다보니 길게 늘어진 샹들리에가 물방울을 매달아 놓은 것처럼 둥둥 떠다녔다. 눈길 닿는 모든 곳이 빛의 세상이었다. 계단 난간도, 프론트도, 시계도. 한쪽에는 크리스마스 포토 존이 있었다. 마치 오스트리아 빈의 크리스마스 마켓에 온 듯 이국적이었다. 나는 포토 존에서 셀카를 찍었다. 셀카 안의 나는 좀 어색해 보였고 불안정해 보였다. 엉뚱함도 엿보였다. 그럼에도 나는 그 이유를 찾고 싶지 않았다. 빛 속에 있다는 것, 불안감이 조금씩 사라지고 있다는 것, 그것만이 중요했다.

나는 호텔 직원이 건넨 안내문을 들고 1815호로 갔다.

들어가자마자 작은 응접실이 나왔다. 응접실을 지나니 슈퍼킹 침대가 나란히 두 개 놓여 있었다. 창문 밖으로 바다가 보였고, 요트의 불빛이 부표처럼 떠다녔다. 멀리 섬도 보였다. 이곳에서는 일출을 감상하기에 좋다고 누군가 리뷰에 써 놓은 글이 생각났다.

투명 유리창 넘어 월풀욕조가 보였다. 월풀욕조에 물을 받았다. 물은 조금씩 채워졌다. 그 시간이 지루해 나는 안

　　　　　　　　굿바이, 가을의 크리스마스

내문을 읽었다. 옥상에서 별빛 축제가 자정까지 진행되며, 축제에 참여하는 사람들에게는 크리스마스 특별 칵테일을 무료로 제공한다는 글귀가 보였다. 단 선착순 백 명에 커플만 입장 가능했다. 나는 커플도 아니었으며, 아무리 생각해도 선착순 백 명 안에 들 것 같지 않았다. 더구나 지금은 밤열한 시였다. 그럼에도 나는 옥상으로 올라갔다. 뭔가 해야할 일을 끝내지 않은 것처럼, 마감을 지키지 않은 것처럼 찜찜했다. 그 이유에 대해 곰곰이 생각해보았지만 끝내 알수 없었다. 입구에서 직원이 말했다.

"마감됐습니다."

나는 꼼짝도 하지 않았다. 가만히 그 자리에 서 있었다. 직원이 난감하다는 듯 말했다.

"저 죄송하지만 자리가 없습니다."

나는 불현듯 상운이 떠올랐다.

"잠시만 둘러보고 싶어요. 곧 나갈게요."

직원은 난처한 얼굴로 대답했다.

"혼자인가요? 일행은?"

"저 혼자예요. 그냥, 분위기를 느끼고 싶거든요."

직원이 내 모습을 찬찬히 훑었다. 뭔가 딱하다는 듯, 눈빛에 안쓰러움이 묻어났다. 곧 그가 말했다.

"좋아요, 크리스마스이브잖아요. 당신에게도 선물을 드릴게요. 따라오세요."

직원을 따라 안으로 들어갔다. 한쪽에 마련된 무대에서 현악 4중주 공연이 펼쳐지고 있었다. 사람들은 침대처럼 폭신해 보이는 소파에 깊게 몸을 누이고 하늘을 쳐다보고 있었다. 소파는 어찌나 깊고 높은지 그 안에 있는 사람들이 보이지 않았다. 나는 소파 사이를 걸었다. 대부분의 연인은 하나의 소파에 둘이 누워 담요를 덮고 있었다. 군데군데 모 닥불이 활활 타올랐다. 야외인데도 추위가 느껴지지 않았 다. 직원에 내게로 왔다.

"여기서 뭐해요? 이쪽으로 오세요."

나는 직원의 팔에 끌려 출구 바로 앞에 있는 바로 갔다. 그가 바 앞의 빈 의자를 가리켰다.

"여기 앉아서 연주도 듣고 별도 보다 가세요. 그리고 이 것도 마시고요. 제가 특별히 부탁했어요. 오늘은 크리스마 스니까요. 저도 솔로라 그 마음을 잘 알거든요."

그는 당부하듯 말하고 밖으로 나갔다.

크리스마스 특별 칵테일, 붉은색의 진한 마가리타 위로 크랜베리가 둥둥 떠다녔다. 나는 잔을 들고 하늘을 쳐다보 았다. 맑고 투명한 별들. 불빛으로 쏘아 올린 빛이 아니라 저절로 반짝이는 빛. 상운과 함께 바라보았던 북해도의 밤 하늘이 생각났다. 밤길을, 하얀 눈길을 흰 드레스를 입고 걸었다. 너무 추워서 바지를 입겠다고 했지만 상운이 안 된 다고 했다. 순결한 세상에서 신부를 맞이하고 싶다고, 오늘

굿바이, 가을의 크리스마스

하루는 자신의 신부가 되어 달라고 그는 사파이어 목걸이를 걸어주며 말했다. 사파이어는 나의 행운석이기도 했다. 나는 마치 신혼여행이라도 온 것처럼, 아니 방금 결혼식을 거행한 신부처럼 들떴고 피곤했다. 그랬음에도 나는 그가 원하는 신부, 그가 그린 그림 속 주인공이 되기 위해 노력했다. 어쩌면 상운이 이곳에서 여자와 나란히 누워 별을 감상하고 있을지도 몰랐다. 나는 자리에서 일어나서 사람들 사이를 걸었다. 상운은 없었다. 그럼에도 나는 상운을 찾고 싶었다. 여기 어딘가에 그가 있을 것만 같았다. 아니, 언제나 그렇듯 그가 나를 찾아 이곳으로 올 것만 같았다. 호텔 라운지에서 셀카를 찍었으니까. 그 사진을 인스타에 올렸으니까. 상운이라면 이 드레스를 알아봤을 것이다.

허기가 몰려왔다. 달콤한 초콜릿과 티라미수가 생각났다. 지금 한입 베어 먹으면 이 허기, 이 허전함, 뭔가 두고 나온 것 같은 쓸쓸함을 달랠 수 있을 것 같았다. 상운과 만나면서 초콜릿을 먹지 못했다. 그가 사준 옷을 입으려면 하루에 한 끼면 족했다. 그와 함께 술 모임에 가려면 하루종일 굶어야 했다. 술 한 잔을 먹기 위해 운동했고, 하루 종일 굶었으며 술을 먹은 다음 날 아침에는 일어나자마자 공원을 뛰었다. 그래야 몸이 옷을 거부하지 않았다.

나는 한달음에 잔을 비우고 호텔 입구에 있던 제과점으로 갔다. 문이 닫혀 있었다. 24시간 편의점으로 갔다. 초콜릿을 종류별로 사서 방으로 갔다. 월풀욕조의 물이 흘러넘치고 있었다. 나는 서비스로 받은 향초를 켜고 와인 잔에 와인을 따랐다. 초콜릿을 입에 구겨 넣었다. 달콤한 향이 온몸을 녹였다. 와인을 한 모금 마시고 초콜릿을 혀로 녹였다. 오묘한 맛이 입안을 맴돌았다. 몸이 뜨거워졌다.

나는 사슴뿔 머리띠를 풀고 망토를 벗었다. 가을이 생각났다. 어쩌면 가을이 나를 찾고 있을지도 몰랐다. 나는 가을에게 전화를 걸었다. 받지 않았다. 그래, 가을은 항상 이랬어. 남자 친구가 있을 때면 친구들 모임에도 얼굴을 내밀지 않았고, 그 누구와도 연락하지 않았어. 나는 카톡을 남겼다.

-이 앞에 있는 호텔 밀크디퍼를 예약했어. 오늘은 이곳에서 잘 거야. 연락해.

-잘됐네. 흰 스웨터랑 방에 올라갈 거야. 어쩌면 오늘 사귈지도 몰라.

그렇구나. 오늘도 예외 없구나. 가을은 맘에 드는 남자를 만나면 습관처럼 사귀자고 말했다. 대부분의 남자는 농담처럼 받아들였지만 간혹 '오늘부터 1일'이라면서 손가락을 거는 남자가 있었다. 문제는 오래 사귀지 못했다는 것. 가장 길게 사귄 사람이 삼 개월이었고, 가장 짧게 사귄 사람이 세 시간이었다.

나는 흰 드레스를 벗어 던졌다. 몸이 한없이 가벼워졌다. 드레스에 묻었던 기억, 부담감, 강요까지 사라진 듯했다.

굿바이, 가을의 크리스마스

나는 욕조 안으로 들어갔다. 누워서 하늘을 쳐다보았다. 별들이 내게로 쏟아졌다. 시간의 흐름을 알 수 없는 고요함. 엄숙하고 깨끗한 밤하늘 그리고 바다. 나는 호텔 위에 홀로 떠 있었다. 오로지 별들만이 내 주위에 있었다. 그 누구도 내게 명령하지 않았으며 그 누구도 내게 자기 생각을 강요하지 않았다. 아주 포근하고 따뜻한 기운이 나를 감쌌다.

나는 자리에서 일어섰다. 흰 드레스와 사슴뿔 머리띠, 붉은색 망토를 쓰레기통으로 집어던졌다. 저절로 콧노래가 흘러나왔다. 나는 발레리나처럼 빙그르르 몸을 돌렸다. 한 바퀴, 두 바퀴, 초콜릿을 입에 넣었다. 굿바이 상운의 크리스마스. 이제 더는 안간힘 쓰면서, 쓸데없이 기대하며 살지 않아도 돼. 나는 왈츠를 추듯 두 팔을 벌리고 스텝을 밟았다. 굿바이 가을의 크리스마스. 나는 힘차게 공중으로 날아올랐다. 내 몸에서 물방울들이 후드득 떨어졌다. 침대 위로 흩날렸다.

굿바이, 가을의 크리스마스

작가 소개 - 박초이 chohee88@naver.com

올해 갑자기 정규적인 업무의 영역으로 들어왔다. 그래서인지 나는 글쓰는 일을 다시 꿈꾸게 됐다. 아, 다 때려치우고 글이나 쓰고 싶다. 하루에도 몇번씩 글쓰기를 꿈꾼다. 내 삶의 길을 아직도 잘 모르겠다. 모르니까 기대되고 재미있다. 재미를 모아 <남주의 남자들>, < 스물여섯개의 돌로 남은 미래>, <보초병이 있는 겨울 별장> 을 출간했다.

———————

작가 노트 - 굿바이, 가을의 크리스마스

크리스마스이브에 뭐하지?

내 동생은 크리스마스이브에 태어났다. 그때 내 나이는 세 살이었다. 그럼에도 나는 동생이 태어나던 때를 생생히 기억한다. 그날 언니랑 툇마루에서 놀고 있었다. 갑자기 방안에서 엄마의 비명소리가 들렸다. 그 소리가 온 집안을 흔들었다. 나는 엄마가 죽을 까봐 겁이 났다. 방안으로 들어가고 싶었다. 문고리를 잡고 안으로 들어가려는데 아버지가 내 손을 잡았다. 언니에게 나무라는 목소리로 말했다. "동생 데리고 교회에 가거라." 아직 어린, 여섯 살밖에 되지 않은 언니는 이상하게 그날 아버지 말을 듣지 않았다. 내 손을 꼭 잡은 채 덜덜 떨며 방문만 노려보았다. 얼마 후 동생의 울음소리가 들렸다.

오랫동안 크리스마스이브는 내게 동생의 생일이었다. 그러다 크리스마스이브에 태어난 남자친구를 만났다. 크리스마스이브는 곧 남친의 생일이 되었다. 요즘의 내게 크리스마스는 밀린 시리즈물을 보고, 밀린 책을 읽고, 밀린 영화를 보는 휴일 중 하루일뿐이다.

올해는 '슈가 제로 크리스마스'로 인해 좀 색다른 크리스마스를 보낼 수 있을 것 같다. 이 책을 읽는 모든 이들에게 영광과 축복이 함께 하길 진심으로 바란다.

푸른빛 도깨비불

김 영 석

푸른빛 도깨비불

쌓아 올린 장작더미와 그 옆 바닥에 놓여 있는 커다란 크리스마스트리가 보였다. 며칠 앞둔 성탄절 이벤트로 준비한 모양이었다. 차에서 내린 은주는 바다 뷰는 아니지만 나름 괜찮아 보인다며 방긋 웃었다. 예약한 구역이 맞는지 확인하고 낡은 캠핑카를 선에 맞춰 주차했다. 캠핑장 뒤로는 제법 가파른 언덕이, 전방엔 커다란 호수가 펼쳐져 있었다. 홈페이지에서 본 것과 조금 거리감이 있지만 전체적인 풍경은 크게 다르지 않았다.

화장실에 간 은주를 기다리다 호숫가 근처로 이동했다. 국내에서 다섯 손가락 안에 들 만큼 넓은 호수라 그런지 건너편 숲이 까마득하게 보였다. 지금은 사라졌지만 건너편엔 야영 캠프가 자리해 있었는데 6학년 때 참석했던 아람

단 동계 캠프 행사가 그곳에서 있었다. 허리를 굽혀 차가운 모래 한 줌을 집어 코에 갖다 대자 물비린내와 함께 그날 먹었던 정체 모를 된장국 냄새가 풍겼다.

"거기서 뭐 해? 트레일러 구경 가야지."

은주가 날 부르며 손으로 대형 트레일러 구역을 가리켰다. 우린 고급 트레일러가 즐비한 구역을 거닐었다. 값비싼 휠로 치장한 차에서부터 금빛의 이중창으로 마감한 카라반까지 모두 다 멋스러웠지만 어쩐지 세상 끝까지 갈 수 있을 만큼 튼튼해 보이지는 않았다. 중고 버스를 개조해 블라디보스토크에서 유라시아 최서단 포르투갈의 호카 곶까지 여행을 다녀온 사람에 대해 들은 적이 있다. 페르난두 페소아의 나라에서, 대륙의 끝에서 그는 무슨 꿈을 꿨을까.

"어쩜 이러냐, 진짜. 완전 돈 덩어리들이네. 아까워서 타지도 못하겠다."

"그르게. 이거 타고 오프로드를 어떻게 가겠어. 모셔놔야지."

손목시계는 오후 5시를 가리켰고 사람들은 바비큐를 준비하느라 정신이 없었다. 호수에 접한 공터엔 초등학교 저학년쯤으로 보이는 아이들이 막 사방치기를 시작했는지 한 아이가 납작한 돌 하나를 사방 안으로 던져 넣었다. 돌을 던진 아이가 막 뜀을 뛰려는 찰나, 들뜬 표정의 은주가 말을 걸었다.

"어머, 얘들아. 너네 이 놀이 어떻게 아니?"

우리들의 갑작스러운 출현에 아이들은 놀란 표정을 지었는데 옛날식 상고머리 여자아이가 수줍게 말했다.

"체육 시간에요. 이거 재밌어요."

"아유 알지. 어렸을 때 얼마나 했게. 내가 이거 도사야. 이모도 껴주면 안 될까."

다른 아이들은 까르르 웃었고 대답을 한 여자애만 난감한 표정을 지어 보였다.

"무시해. 시켜줘도 이 사람 깨금발로 서지도 못해. 그러니 너희들끼리 재밌게 놀아."

"네!"

아이들이 씩씩하게 대답하자 은주도 까르르 웃었다.

겨울 해는 짧았다. 캠프 주변을 산책하는 사이 해는 서녘으로 기울고 길게 뻗은 숲 그림자가 호수 가장자리에 닿았다. 물고기가 수면을 툭, 툭 쳐대는 장면을 찍던 은주가 물었다.

"여기 어떻게 알았어. 밴드장이 추천해 줬어?"

"원래 영덕 쪽으로 가려고 했잖아. 거기 예약 안 돼서 검색하다 보니까 익숙한 곳이 눈에 띄더라고. 지금은 없어졌는데 저기 호수 반대쪽 있지? 나무들 빽빽한데. 거기에 청소년 캠프가 있었거든."

이마 위에 손을 얹은 채 은주가 숲을 보며 말했다.

"근데 여기 진짜 넓다. 건너편이 희미하게 보일 정도야. 물도 맑고 볼수록 좋은 것 같아. 이쪽에 호수가 있는지도 몰랐다니까."

"다행이네. 그나저나 저녁은? 속 안 좋다며."

"일단 라면을 먹어줘야겠어. 어제 세경이랑 연포탕 먹었는데 탈 났나 봐. 나 신경 쓰지 말고 자기는 준비한 거 구워 먹어."

"고기는 내일 먹어도 되고. 나도 같이 속 좀 풀자. 휴게소 핫도그 때문에 더부룩해."

"근데 저긴 못 올라가겠지?"

은주가 고개를 돌려 캠핑장 뒤편 아슬아슬하게 깎아지른 절벽을 가리켰다. 언덕 끝 단면이 거의 직선으로 깎여 보는 것만으로도 오금이 저릿했다. 바람이 부는지 소나무 군락에 있던 새들이 일제히 날아올랐다.

차량으로 돌아와 좌석을 펼친 다음 전기장판을 켜고 그 위에 담요를 깔았다. 은주는 벌러덩 누워서는 라면을 끓여 내라고 성화를 부렸다.

"파는?"

"아유 넣어야지. 물컹한 심지는 빼고. 계란은 안 넣으면 좋은데 꼭 먹고 싶음 풀지는 말고. 부려 먹는 주제에 너무 까탈스럽나?"

"알긴 아네. 자고 있어."

라면이 익어갈 무렵 창을 열자 바깥 풍경이 왁자했다. 캠핑장 위로 겨울 달이 뜨고 수십 개의 바비큐 그릴 위에서 고기가 익어갔다. 캠핑장 관리인은 구역을 돌아다니며 곧 캠프파이어가 시작될 거라고 알렸다.

"어머나, 캠프파이어래! 나 심장이 막 떨려."

"무슨 심장까지."

"1학년 땐가. 만화 동아리에서 엠티 갔었는데 그때 이후 처음이야."

"새내기 때라 신났겠네."

"아니. 그게…."

"별로였어?"

"폭탄주 다섯 잔 마시고 뻗어가지고."

믹스 커피까지 마시고 나와 캠프파이어가 준비된 중앙 공터로 향했다. 한 사람은 장작 주변으로 간단한 펜스를 치고 다른 관리인은 한 무더기의 감자를 포일에 쌌다. 장작 옆 아직 세우지 못한 크리스마스트리 꼭대기엔 금박으로 만든 다윗의 별 소품이 달려 있었다. 언젠가 쥐어본 빛나던 그 무엇과 닮아 보여 호기심에 손을 뻗자 관리인이 화들짝 놀라 소리쳤다.

"그거 만지지 마세요. 손대면 금방 떨어지거든요."

"아, 죄송합니다."

은주가 내 팔을 잡아끌었다.

"자기는, 그게 무슨 엉뚱한 짓이야. 그거보다 우리도 옥수수 구워 먹자. 저 사람들 마시멜로 구워 먹으려나 봐. 옥수수 챙겨왔지?"

가족 단위 캠핑객들은 돗자리를 깔고 앉아 간식거리를 먹으며 캠프파이어를 기다렸다. 어떤 사람들은 케이크를 준비해 초까지 꽂아 놓았고 주변 스피커에서는 캐럴이 흘렀다.

"캐럴 오랜만이다. 근데 요즘은 잘 안 틀어주더라."

"저작권 때문이라는 말도 있고 사람들이 안 찾아서 그렇다는 말도 있던데?"

"무슨 소리. 크리스마스엔 캐럴이지. 그나저나 크리스마스 씰 사러 돌아 다녔던 기억나네."

은주는 옛 정취를 느끼게 해주는 캐럴이 반가운 모양이었다. 나 역시 오랜만의 감성에 젖었지만 내 머릿속을 맴도는 캐럴은 따로 있었다. 구세주의 탄생을 기뻐하는 캐럴이 아닌 어떤 꿈의 탄생을 기뻐하는 캐럴. 돌이켜보면 때때로 그 노래를 읊조리며 살아왔던 것도 같다. 인생의 갈림길 곳곳에서. 이제 나는 다시 그 갈림길 앞에서 헤매고 있지만 그날 밤처럼 뜨거운 그것을 마주할지는 알 수 없다.

점점 사람들이 몰려들고 다닥다닥 붙어 있는 상황이 마뜩잖은 우린 번잡스러움을 피해 호숫가 공터로 향했다. 겨울 밤하늘, 그보다 조금 더 짙은 숲, 검푸른 수면, 그 위에 드리운 희미한 산그림자, 각각의 어둠이 층을 이뤄 밤 풍경을 펼쳐냈다. 은주는 호수에 바짝 붙어 셀카를 찍었고 나는 쪼그려 앉아 호수에 손을 담갔다. 시린 물결이 손가락 사이로 흘렀다. 꽁꽁 얼 때 찾아온다면 호수 중앙까지 걸어갈 수 있을지 몰랐다. 그러면 그날의 그것을 찾을 수 있을까. 작은 돌멩이를 집어 물수제비를 뜨려는 순간, 은주가 비명을 질렀다.

"악!"

"왜 그래?"

은주는 또 한 번 소리를 지르고는 호수 중심부에 대고 마구 손을 휘저었다.

"저기 봐!"

"뭔데."

"도깨비불!"

"뭐?"

말도 안 되는 소리를 한다고 생각할 찰나, 정말 불덩어리가 솟구쳐 올라 순식간에 허공을 갈랐다. 유에프오? 번개처럼 솟은 그 영롱한 빛은 어느 정도의 고도에 올라서는 속도를 늦춘 채 천천히 선회했다. 일부러 자신의 존재를 뽐내고 있는 것만 같았다. 순간 얼어붙어 있던 은주가 핸드폰으로 촬영하려 하자 푸른 빛깔의 그것 또한 우리를 의식했는지 다시금 쏜살같이 하강해 수면 위를 비행했다.

'이럴 수가! 말도 안 돼.'

한참이나 넋을 놓았던 나는 그 불덩이가 헛것이 아님을 확신하고 미친 듯이 달렸다. 전력 질주로 숨을 헐떡이면서도 한순간도 시선을 뗄 수 없었다. 아름답다고 말하기엔 신비로웠고 그저 신비롭다고 하기엔 현실적이었다. 불덩이는 시시각각 채도를 바꿔가며 영롱한 빛깔로 주변을 물들였다. 그리고 끝내는 내 마음에까지 번져들었다. 내 거친 날숨에서도 푸른 연기가 피어오를 것만 같았다.

"하하하. 크크크."

쉬지 않고 달려 도깨비불 앞에 주저앉자 몸을 숨기고 있던 도깨비들이 일어나 일제히 비웃었다.

"놀랐죠? 어떤 아저씨도 아까 깜짝 놀라서 경찰에 신고한다고 그랬어요."

낮에 만난 아이들이 날 내려보고 있었다. 그중 상고머리 여자애가 도깨비불의 정체를 내게 보여주었다. 빈대떡만한 크기의 유에프오를 닮은 드론이었다. 마침 곁을 지나던 젊은 커플 역시 자기들도 깜짝 놀랐다며 한마디 거들었다.

"어떡해. 우리처럼 속았나 봐. 야! 니네들 어지간히 해라. 사람들 다 놀라잖아. 진짜 요즘 애들 대단하다. 어떻게 드론을 갖고 노냐."

뒤늦게 도착한 은주는 허탈한 웃음을 지으면서도 드론

에서 눈을 떼지 못했다.

"아유 증말 식겁했다. 식겁했어. 근데 불 들어오니까 진짜 예쁘다. 한 번 만져 봐도 돼?"

여자애가 조명이 반짝거리는 드론을 은주 손에 들려주며 말했다.

"진짜 도깨비불인 줄 알았어요?"

"그렇다니까. 그래서 오면서 소원 빌었잖아."

"소원은 별똥별에 비는 거 아니에요?"

"아냐 애, 옛날에는 도깨비불 보고 소원 빌면 들어준다고 그랬어."

"무슨 소원 빌었어요?"

"음, B-612 어린 왕자의 청혼?"

"어떡해. 어른이 어린애랑 결혼한대."

아이들은 또 한 번 까르르 웃었다.

"근데 진짜 있어요?"

"뭐가?"

"도깨비불이요."

은주가 내 팔을 툭 치며 말했다.

"자기가 말해. 옛날에 도깨비불 봤다며."

이번에는 아이들이 눈을 동그랗게 뜬 채 날 주시했다. 6학년 겨울 방학, 동계 캠프장에서 겪었던 일을 슬쩍 흘렸을 뿐인데 은주는 잊지 않고 있던 모양이었다.

"아저씨. 정말이에요?"

어디서부터 말해줘야 할지 몰라 난감한 표정을 짓고 있는데 중앙 공터 쪽에서 한 남자가 아이들을 불렀다.

"해미야, 애들 데리고 와! 이제 캠프파이어 시작한대."

나는 얼른 가보라고 고개를 끄덕여 보이고는 주머니에 있던 초콜릿을 꺼내 해미라는 여자아이에게 건넸다.

"고맙습니다."

관리인 손에 제법 그럴싸한 횃불이 들렸고 몇 가지 안전수칙을 전하고는 사람들에게 카운트다운을 부탁했다. 애어른 할 것 없이 구호에 맞춰 소리를 질렀다.

삼, 이, 일, 와!

불꽃이 치솟았다. 등유가 타오르며 매캐한 연기가 끌었지만 사람들은 펜스 앞까지 모여들었다. 잠시 뒤 불길이 크리스마스트리 꼭대기에 닿자 달아 놓은 폭죽이 터지며 사방이 불꽃에 뒤덮였다. 산타 복장의 관리인은 아이들에게 선물을 나눠줬다. 생각지 못한 이벤트에 은주도 흥분했는지 뺨이 발갛게 익을 정도로 다가가 활짝 웃으며 포즈를 취했다. 사진을 찍어 준 나는 아무렇지 않은 듯 물었다. 결혼을 미루는 것에 대해 집에서 뭐라 하지 않았느냐고. 은주는 덤덤히 대답했다.

"얼마나 벼르고 별렀던 일인지 내가 아니까. 10년도 전부터, 처음 사귈 때부터 자기가 말했던 거잖아. 언젠가 꼭 도전해 보고 싶다고. 난 자기가 몰두해서 뭔가 쓰고 있는 모습 보면 나까지 기분 좋더라. 그리고 지금도 좋아. 정말로."

등유 냄새에 멀미가 일어 잠시 자리를 벗어나려는데 누군가 은주를 붙들었다. 낮에 은주와 친해진 옆 구역 젊은 여자들이었다. 나는 바람 좀 쐬겠다고 말했고 은주는 고개를 끄덕이고는 여자들이 마련한 테이블로 걸음을 옮겼다.

아이들이 드론을 갖고 놀던 호수 공터는 조용했다. 차가운 호수 물로 이마를 적신 뒤 뒤를 돌아보자 화염에 휩싸인 크리스마스트리가 공중에 떠 있는 것처럼 보였다. 사람들은 강강술래를 하듯 손을 잡고서 캠프파이어를 감쌌다. 소원이라도 빌고 있는 걸까. 달은 높이 떠올랐고 차그락, 차그락, 호수가 모래를 쓸어댔다. 강한 바람이 일어 눈을 감았다 뜨자 얕게 뜬 도깨비불 하나가 걸어오는 게 보였다.

"해미 맞지? 왜 캠프파이어 구경 안 하고."

"이게 더 재밌어요."

해미는 날 위해 가져온 듯 드론을 내밀었다. 우린 함께 호수 주변을 걸었다. 해미는 자신들이 어디서 왔는지, 내일은 눈썰매장에 갈 거라는 등 여린 목소리로 재잘재잘 떠들었다.

"근데 저기 뭐가 있어요?"

"응?"

"아까부터 저쪽 보잖아요."

"저곳? 있었지."

"뭐가요?"

"도깨비불."

요즘 아이들답게 쉽게 속지 않았지만 한편으론 신기한 생각이 드는지 내가 손가락으로 가리킨 곳을 보며 진짜 도깨비불은 어떻게 생겼느냐고 물었다.

성탄절을 며칠 앞둔 어느 날, 6학년 아람다원들만 모아 졸업 축하 겸 동계 캠프를 떠났다. 저녁을 먹고 공터에 모인 우린 캠프파이어 앞에서 제식에 맞춰 대기했다. 얼마 뒤 단장님이 나왔고 훈화가 시작됐다.

"다음 세기의 주인은 여러분입니다. 이제 얼마 남지 않았습니다. 세기가 그냥 바뀌는 것이 아닙니다. 아시겠어요? 여러분이 어른이 돼 있을 땐 천년 단위가 바뀌어 있는 겁니다. 말 그대로 천 년에 한 번! 얼마나 웅장하고 가슴 떨리는 시작입니까. 밀레니얼의 변화입니다. 제 말을 허투루 듣지 마세요. 우리는 잿더미에서 시작해 올림픽을 치러 낸 저력을 증명한 국민입니다. 이제 여러분이 그 나라의 주인이 되는 거예요. 꿈을 기르세요. 꿈을 목표로 나아가야 합니다. 결코 꿈을 잊어서는 안 됩니다. 꿈이 곧 길이니까요."

단장님이 퇴장하고 인솔자 선생님이 횃불을 들고나와 카운트다운을 주문했다.

오, 사, 삼, 이, 일.

와!

어디선가 와이어를 타고 불꽃 화살이 날아왔다. 천천히 공중을 타고 내린 화살이 캠프파이어 꼭대기에 꽂히자 화염은 이내 장작더미를 집어삼켰다. 겨울바람에 불티가 사방으로 날렸다. 제단이 타들어 가는 동안 고등학교 한별단 선배들이 소감문 작성용 갱지와 펜을 나눠주었다. 단상 바로 옆에 있던 선배들은 불꽃놀이 세트에 불을 붙여 하늘 높이 쏘아 올렸다. 폭죽은 빛을 뿌리며 산화했고 매캐한 화약 냄새와 그을음이 맨 앞에 앉은 내 얼굴 위로 덮쳐왔다. 마른 장작이 화염 속에서 비틀어지며 기괴한 소리를 냈고 장작더미의 불꽃 또한 괴상한 모습으로 일렁였다. 순간 가슴이 덜컹했다. 나도 모르게 내 안에 있던 뭔가를 그 속에 집어 던진 것만 같았다.

조금 뒤 남녀 학생 대표가 나와 선언문을 읽었다. 빨간 확성기를 손에 든 그들의 표정은 비장했지만 내 귀엔 아무것도 들어오지 않았다. 좀체 심장이 가라앉질 않아서였다. 열기 또한 엄청나서 조금이라도 몸을 숙이면 뺨이 화끈거렸고 숲에서 거친 바람이 불어오기라도 하면 불길이 미친

듯이 솟구쳤다. 그럴 때마다 불티가 하늘로 빨려 올라갔다. 마치 공중 들림을 받는 것처럼 한없이 가벼운 몸짓으로 수백 개의 불티가 동시에 날아올랐다. 제단 위엔 아무것도 없었지만 왠지 무언가가 타고 있는 것만 같았다.

'단장님 말처럼 묵은 시대의 거죽을 태우고 있는 걸까. 그렇다면 새 몸을 받을 수 있을까.'

결코 경험해 보지 못한 전율을 느끼며 나도 모르게 갱지한 귀퉁이에 내가 느끼고 있는 것들에 대해 적어 갔다. 횃불을 들고 있던 선배의 뺨에 일렁이는 빛과 그림자, 호수 위에서 빛나던 달 그리고 먼 곳에서 달려온 별빛에 대해. 한 글자, 한 글자 써 내려 갈수록 유체 이탈이라도 한 것처럼 또 다른 시공에서 이 모든 걸 내려 보고 있는 기분이 들었다. 그것은 내가 묘사하는 세상이면서 동시에 내 안의 세계이기도 했다. 내 여린 손끝에서 새로운 세상이 꿈틀대는 기분이었다.

앞서 걸으며 조약돌을 줍던 해미는 여전히 도깨비에 대한 궁금증이 풀리지 않았는지 내게 이것저것 물었다.

"어떻게 생겼어요, 진짜 뿔이 있어요? 무섭진 않아요?"

한별단 선배들이 나눠준 크리스마스 케이크를 먹은 우린 얼마 안 있어 숲 입구에 모였다. 몇몇 애들이 무섭다고 항의했지만 담력 훈련은 그대로 진행되었다. 호수에서 바람이라도 불면 어린애의 비명 같은 이상한 굉음이 수면을 타고 전해졌지만 얼마 안 있어 곧 잦아들었고 숲은 다시 고요함에 잠겼다. 그 고요함은 우리가 얼마나 깊은 어둠에 던져졌는지 깨닫게 할 뿐이었다.

첫 아이가 숲을 향해 걷기 시작했다. 작은 랜턴을 들었지만 불빛은 코앞을 밝히기에도 부족했다. 50미터씩 간격을 띄워 차례로 자리를 벗어났고 호기롭게 떠들던 아이들은 이내 침묵을 지켰다. 어둠에 물든 서로의 얼굴을 걱정스레 쳐다볼 뿐이었다. 마지막 내 차례가 왔을 때 한별단 선배가 내 어깨에 손을 올리며 말했다.

"여기서부턴 혼자 가는 거야."

앞서 출발한 아이가 눈앞에서 사라질 즈음 선배가 잡고 있던 어깨를 놔줬다. 얼마쯤 걷다 뒤를 돌아봤지만 방금까지 있던 선배는 사라지고 없었다. 선생님이 우릴 주시하고 있을 거란 믿음보다는 눈앞의 캄캄한 현실이 더욱 선명히 느껴질 뿐이었다. 눈을 의지할 수 없게 되자 귀가 열렸다. 풀벌레 소리, 이름 모를 짐승이 나무를 갉아대는 소리, 이 가지에서 저 가지로 이동하는 새의 날갯짓 등이 생생히 전해졌다. 그중에서도 가장 큰 건 내 발자국 소리였다. 분명 내 의지로 걷고 있으면서도 어디로 가는지 알 수 없었다.

얼마쯤 걷자 갈림길이 나왔다. 당황했지만 나뭇가지에 달린 리본 표식을 통해 금방 방향을 잡을 수 있었다. 하지만 세 번째 갈림길에선 쉽게 분간할 수 없었다. 왼쪽으로 가라는 건지 오른쪽으로 가라는 건지 알 수 없었다. 앞서 출발한 녀석 중 누군가 장난을 친 건지도 몰랐다. 선배들은 보이지 않았다. 나는 한참을 망설이다 왼쪽을 택했고 다 같이 모이기로 한 시간에 늦을까 걱정돼 종종걸음을 쳤다. 한참 걸었을 무렵 어디선가 부스럭대는 소리가 들렸다. 제법 덩치가 큰 존재가 만들어내는 기척이었다. 와락 겁이 들어 앞서 출발한 친구의 이름을 불렀다.

"태경이야?"

순간 부스럭거림이 멈췄다. 하지만 기다리던 대답은커녕 상대는 숨까지 참고 있는 듯했다.

'한별단 선배가 장난치는 건가? 아닐 텐데. 늦었다고 데리러 와도 모자랄 시간인데.'

차라리 무서운 장난이라도 쳤다면 배짱을 부렸을 텐데 눈앞의 존재는 아무런 움직임도 보이지 않았다. 순간 호수 쪽에서 뭔가 첨벙하는 소리가 들렸고 덜컥 겁이 난 나는 갈림길이 있던 곳으로 뛰기 시작했다. 처음엔 오솔길을 따라 뛰었는데 나중에는 길이고 뭐고 상관없이 달음박질하느라 얼마 못 가 방향을 완전히 잃고 말았다. 정체 모를 그 무언가를 따돌렸다고 생각한 나는 거친 숨을 고르고 하늘을 올려다보았지만 빽빽한 침엽수림이 시야를 가려 아무것도 분간할 수 없었다. 소리를 지를까 하다 창피한 생각이 들었다. 그렇게 이러지도 저러지도 못한 상황에서 한참을 고민하던 나는 더듬더듬 갈림길이 있던 곳을 향해 걸었다.

'이쯤이면 나와야 하는데. 분명 리본이 매달려 있었는데. 이상하네. 어, 뭐지?'

푸르스름한 빛, 헛것이었다면 금방 사라져야 했을 빛이 공중을 떠돌았다. 그 빛은 긴 잔상까지 남기며 숲을 가로지르고 있었다.

'선배가 장난치는 걸까? 그렇지만 어떻게 도깨비불을 띄울 수 있어. 말도 안 돼.'

도깨비불이 분명했다. 소름이 돋았지만 동시에 아름다운 빛이었다. 잠깐 사라졌던 푸른빛은 소나무 아래에서 다시 나타났다. 바닥에 웅크려 몸을 숨겼던 나는 홀린 듯 일어나 푸른빛을 바라보았다. 허공을 너울대던 빛은 멈춰서더니 거리를 좁히며 다가왔다. 달아나야 했지만 그럴 수 없었다. 입술이 부들부들 떨렸다. 도망칠 수도, 그 빛을 와락 잡을 수도 없던 나는 눈을 감았다.

"너 강현석 맞지? 여기서 뭐 하냐."

"네?"

하회탈같이 생긴 가면을 이마 위로 올린 선배가 내 어깨를 마구 흔들었다.

"이놈아. 단장님 화나셨어."

이제부턴 혼자 걷는 거야, 라고 말했던 그 선배였다. 그는 내 머리를 쥐어박으며 말했다.

"6학년씩이나 돼서 이런 걸로 놀라?"

선배가 보여준 가면에는 푸른색 야광볼이 도깨비 뿔처럼 본드에 붙어 있었다.

"뿔이 있지. 그리고 엄청 무섭고. 근데 꼭 무서운 것만은 아니야."

"무서운데 안 무섭다고요?"

"처음엔 무서운데, 꼭 무서운 것만은 아니야."

해미는 고개를 갸웃하고는 호수 위를 날고 있는 드론을 공터 바닥에 내려놓았다.

"이제 그만 돌아가자."

중앙 공터에 돌아왔을 때 캠프파이어 제단은 무너져 있었지만 땅에 고정시킨 크리스마스트리만은 여전히 타오르고 있었다. 눈이 마주친 은주는 자신들한테 합류하라고 손짓했으나 나는 손을 저으며 해미와 함께 크리스마스트리 앞으로 가 앉았다.

하늘엔 별이 가득했다. 지금 빛나고 있는 별들이 사실 먼 옛날에 출발한 별빛이라는 단장님 말씀이 생각났다. 과거의 별빛이 시간을 넘어 우리 앞에 나타날 수 있다는 사실을 그때는 알지 못했다. 해미에게 주려고 옥수수를 가져와 포일에 싸는 동안 어디선가 캐럴이 들렸다. 남매로 보이는 세

명의 아이들이 플라스틱 맥주 상자 위에 올라 캐럴을 불렀다.

고요한 밤 거룩한 밤
어둠에 묻힌 밤
주의 부모 앉아서
감사기도 드릴 때
아기 잘도 잔다.

여물지 않은 어린 양 같은 음색에 사람들은 갈채를 보냈다. 수줍게 미소 지은 아이들은 그만 내려가려 했지만 사람들 성화에 못 이겨 한 곡 더 불렀다. 내 귓가에도 어떤 노래가 들려왔다. 먼 옛날 샤먼이 주문을 욀 때 저랬을까 싶은 신비로운 노랫소리가.

어떤 이는 꿈을 간직하고 살고 어떤 이는 꿈을 나눠주고 살며 다른 이는 꿈을 이루려고 사네

캠프파이어 앞에서 우두커니 앉아 있던 나는 뭔가에 홀린 듯 일어나 노래가 들려오는 곳을 향해 걸었다. 거리가 좁혀질수록 기타를 튕기는 스냅과 멜로디도 점점 빨라졌다.

푸른빛 도깨비불

나는 누굴까.

내일을 꿈꾸는가.

나는 누굴까. 혹 아무 꿈!

기존 가요와는 전혀 다른 템포, 이해할 수 없는 가사에 금세 싫증을 느꼈는지 아이들은 하나둘 떠나갔다. 여자애 둘만이 끝까지 앉아 있었지만 노래가 끝나자 그들도 곧 자리를 벗어났다. 다른 노래가 몇 곡 이어졌고 캠프파이어를 끄기 위해 선생님이 양동이에 물을 받아올 무렵 선배가 고개를 들었다. 숲에서 날 찾았던 바로 그 선배였다.

"마지막으로 무슨 노래 불러줄까?"

"그게, 저. 맨 처음 노래요."

"어떤 이의 꿈?"

"네?"

"그게 제목이야."

돌풍이 불어 불꽃도, 그의 목소리도, 뜻을 알 수 없는 가사도 하늘로 날아올랐다. 어떤 이는 꿈을 꾼다고 했다. 어떤 이는 아무 꿈도 꾸지 않는다고. 이상한 말이었다. 바지 주머니에 손을 넣자 구겨진 종이가 잡혔다. 단장님이 말한 미래에 대한 꿈과 캠프 소감문을 적으라고 나눠준 갱지였다.

밤이 깊어가자 호숫가에 안개가 차올랐다. 뜻을 헤아릴 수도 없는 후렴구였지만 그 말은 내 마음속에서 반복됐다.

얼마 뒤 선생님이 호루라기를 불었고 흩어져 있던 아이들은 일제히 일렬종대로 줄을 맞추기 시작했다.

"자!"

선배가 옆에 있던 가면에서 뭔가를 떼 내게 건넸다.

"이거 때매 놀랐지? 너 가져라."

푸른빛 야광볼이었다.

"어. 저, 고맙습니다."

"갱지에 뭐라고 적었어? 꿈 말이야."

건하게 취한 은주가 옆으로 와 누우며 말했다.

"내일 점심때 짬뽕 먹자. 선영이가 그러는데."

"선영이?"

"우리 차 옆으로 캠핑 온 애 말이야. 걔 이름이 선영이야. 술 진짜 잘 마셔. 암튼 선영이가 그러는데 이 근처에 기가 막힌 굴짬뽕집 있대. 해장을 안 할 수가 있나."

은주가 잠에 들고 나도 잠시 눈을 붙였다.

차창 밖에서 뭔가 번쩍, 눈이 떠졌다. 닫힌 차 문을 열었다. 강추위에 다들 들어갔는지 자정을 넘긴 캠핑장은 고요했다. 숲에서 불어온 바람이 거칠게 바닥을 쓸고 푸르릉, 줄줄이 늘어선 텐트 천이 기괴하게 펄럭였다. 호수 위에서 뭔가가 또 번쩍했다. 고개를 돌렸지만 사람도, 드론도, 그 무엇도 보이지 않았다.

푸른빛 도깨비불

호수를 내려 볼 수 있는 언덕을 향해 걸었다. 걷는 동안 산새 소리, 정체 모를 바스락 소리가 뒤섞여 으스스한 기운이 풍겼다. 한동안 뾰족한 돌이 운동화 밑창을 쿡쿡 찔러댔다. 가파르게 펼쳐진 소나무 군락을 지나 오른쪽으로 돌자 언덕 끝이 보였고 그 아래로는 안개 가득한 세상이 펼쳐졌다. 처음 본 광경임에도 낯이 익었다. 꿈에서라도 와 본 걸까. 한 걸음씩 천천히 걸어 깎아지른 절벽 끝에 다다라 밑을 내려다보았다. 검푸른 호수가 이쪽과 저쪽 세계를 나누고 하늘엔 별이 가득했다. 곱은 손에 숨을 불자 하얀 입김이 하늘로 올랐다.

점호를 다 마치고 나서야 그나마 딱딱한 침대에 몸을 뉠 수 있었다. 아이들은 배정받은 학교 얘기에 정신이 없었다. 어디 선생님이 좋은지, 어느 학교 선배가 무서운지 자신들의 미래에 대해 쉬지 않고 떠들어댔다. 누군가 내게도 물었지만 대답하지 않았다. 침낭 속에 머리를 묻었어도 샤먼의 노래가 끊임없이 울렸다.

얼마 안 있어 애들은 곯아떨어졌고 30분쯤 뒤척이다 밖으로 나왔다. 당번을 서고 있던 선배에게 소변이 급하다 말한 뒤 야외 화장실로 향했다. 볼일을 보고 나와서는 몰래 호숫가로 걸었다. 바람이 매서웠다. 수면이 흔들리고 땅을 침범하는 거친 물결 소리가 사방에서 들렸다. 고개를 들자 세상엔 밤 그리고 별들뿐이었다. 주머니에 손을 넣어 야광볼을 꺼내 들었다. 푸르스름한 빛이 어둠 속에서 자신을 드러냈다. 심장이 두근거리고 야광볼을 쥔 손이 견딜 수 없을 만큼 뜨거워졌다. 머릿속에선 샤먼의 노래가 흐르고 모든 게 멈춘듯했다.

야광볼을 꽉 쥐었다 호수를 향해 던졌다. 허공을 가른 푸른빛은 이내 안개 속으로 사라졌고 나는 야광볼을 쥐었던 손을 차가운 물에 담갔다. 희미하게 파문이 번져왔다.

그 빛을 다시금 쥐었다고 생각한 적도 있지만 지나고 보면 아니었다. 반짝였으나 뜨겁지 않은 불이었을 뿐, 한 번도 덴 적은 없었으니까. 샤먼의 노래가 잊힌 말들을 일으켜 세우고 호수 한가운데 푸르스름한 야광볼이 꽃봉오리처럼 솟아오른다. 그 빛을 받들 듯 고이 손을 모아 허공에 올린다. 푸른빛 도깨비불이 피어난다.

작가 소개 - 김영석 puntaarenas21@naver.com

버스 창가에 앉아 어딘가로 가는 길에 끼적이고 있다. 목적지에 닿기 위해서는 정류장을 한참 더 지나쳐야 할 것 같다. 언제 내릴지 몰라도 내일이 궁금하고 지금 풍경 또한 아름답다. 단편집 『호랑지빠귀 우는 고양이의 계절』 앤솔러지 『feat.죽음』을 출간했다.

작가 노트 - 푸른빛 도깨비불

초등학교 6학년 동계 캠프에서 도깨비불을 만난 적이 있다. 보았다고 말하지 않고 만났다고 쓴 이유는 그 불이 내 머리 위에서 잠시나마 머물렀기 때문이다. 위로 쭉 뻗은 내 손가락 사이로 열기가 느껴지기조차 했다. 어떤 지인은 작은 외계인들이 타고 다니는 UFO와 조우한 거라 말하기도 했고 어떤 사람은 캠프파이어 현장에서 멀지 않았기에 불꽃놀이가 만들어 낸 환영을 착각한 거라 말하기도 했다.

정수리 위에서 느껴지던 열기가 지금도 생생하다. 특별한 게 존재한다고 믿던 시절이 있었다. 만질 수 있고 볼 수 있고 냄새 맡을 수 있는 사물들에 둘러싸여 살고 있지만, 때로 눈으로는 볼 수 없고 만질 수도 없지만 어딘가에 '존재했으면 하는 것들'을 꿈꾸기도 한다.

『슈가 제로 크리스마스』를 읽는 독자 중 누군가 집으로 돌아가는 어느 길에 어두운 숲으로 난 울퉁불퉁한 미지의 오솔길을 발견할 수 있기를. 그 숲의 한가운데 이르러 감각할 수 없었던 것을 감각하고, 이제껏 소망해 보지 않았던 것들을 소망해 보기를….

푸른빛 도깨비불

슈가 제로
크리스마스

—

1판 1쇄   2024년 11월 18일 발행

지은이   조유영, 김주욱, 이찬옥, 박초이, 김영석
편집   김영석, 김동현
기획   도서출판카논
디자인   김동현
펴낸곳   도서출판카논
ISBN   979-11-93353-12-7   03810
가격   9,900원